JEUNESSE

Hans Peter Richter est né à Cologne en 1925, la même année que les deux enfants dont il raconte ici l'histoire ; si *Mon ami Frédéric* est un roman, on sent ce que les souvenirs de l'auteur lui donnent de chaleur et de vérité.

Hans Peter Richter est psycho-sociologue et s'occupe d'organisation du travail. Il a écrit de nombreux romans, travaille pour la télévision, notamment à des émissions scolaires. Il a publié, sous le titre *Les Jeunes Lecteurs choisissent*, une étude sur la littérature pour la jeunesse.

MON AMI
FRÉDÉRIC

Hans Peter Richter

MON AMI FRÉDÉRIC

Traduit de l'allemand
par Christiane Prélet

Illustrations : Mette Ivers

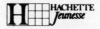

Il n'est pas inutile de rappeler
au début de ce livre que l'action
se situe en Allemagne, avant et
pendant la seconde guerre mondiale.

Titre original :
DAMALS WAR ES FRIEDRICH

Cet ouvrage est le texte intégral de l'édition française
parue chez Desclée De Brouwer en 1963.

Prologue

1925

Quelqu'un l'avait baptisé Polycarpe et il a conservé ce nom pendant toute la durée de son règne sur notre jardin. Son pantalon était vert, sa veste rouge ; bleu son bonnet de meunier. Il avait une main dans la poche, l'autre, la droite, tenait une longue pipe. Planté au milieu de la pelouse, il contemplait le jardin en homme qui jouit de son repos, le soir.

Comme tous les nains de terre cuite de son espèce, Polycarpe était immuable.

Lorsque l'herbe était haute au point de masquer les dahlias du jardin, la femme du propriétaire, à quatre pattes sur la pelouse, réduisait à coups de cisailles l'herbe folle à la hauteur d'une allumette. Quant au propriétaire qui s'appelait Hans Resch, on ne l'apercevait qu'aux fêtes carillonnées et par beau temps. Ces jours-là, il avançait lentement au milieu du jardin ; sa femme se hâtait de lui apporter une chaise et il s'asseyait tout près de Polycarpe, le nain de terre cuite, en respirant bruyamment. Le gros M. Resch restait une heure sur sa chaise, ni plus ni moins ; il regardait dans la rue les passants ; puis il se levait et, contournant prudemment Polycarpe, il rentrait chez lui en s'ébrouant.

Les jours ordinaires, l'inspection de Polycarpe, du jardin et de la rue se faisait de la fenêtre.

M. Resch n'était pas qu'un simple propriétaire. Il avait débuté dans la vie en vendant des maillots de bain, mais, avec le temps, il s'était élevé au rang de représentant de commerce en gros : d'autres représentants travaillaient maintenant pour lui et il dirigeait ses affaires par téléphone. Bref, il régnait et le faisait bien sentir ! Sa maison était son royaume, représentants et locataires étaient ses sujets.

Nous habitions au premier étage, ou plutôt, non ! mes parents habitaient le premier étage : mon père était chômeur et voulait déjà prendre un logement plus petit lorsque je fis mon appari-

tion. En 1925, la plupart des gens en Allemagne
n'avaient plus un sou devant eux : la grande déva-
luation venait de se produire. Pour beaucoup,
l'espoir était mince de trouver un emploi. La
misère et le chômage allaient croissants.

C'est pourquoi mes parents se firent plus de
souci encore lorsque je vins au monde. Il faudrait
me nourrir, m'habiller...

Juste une semaine plus tard, naquit Frédéric Schneider.

Les Schneider habitaient eux aussi dans la maison, mais à l'étage au-dessus. M. Schneider était employé des postes. Mes parents le connaissaient peu. Il saluait aimablement le matin, lorsqu'il allait prendre son service, et tout aussi aimablement le soir, à son retour. A l'occasion on échangeait quelques mots. On voyait encore plus rarement Mme Schneider, une petite femme aux cheveux noirs. Elle faisait ses courses ou nettoyait son palier, mais le dernier coup de balai donné, elle disparaissait dans son appartement.

Lorsqu'on la croisait, elle souriait mais ne s'attardait jamais dans la rue.

Les deux naissances presque simultanées rendirent nos parents plus intimes.

Chapitre 1

Les beignets
1929

Nous étions, Maman et moi, en train de prendre notre petit déjeuner, lorsque Mme Schneider sonna à la porte. Elle était convoquée à l'Hôtel de Ville — nous dit-elle — mais ne sachant pas le temps que cela lui prendrait, elle ne voulait pas laisser Frédéric seul dans l'appartement. Comme elle ne pouvait pas non plus l'emmener avec elle, elle nous demanda si elle pouvait le laisser chez nous.

— Mais bien sûr, dit Maman. Les deux petits joueront ensemble.

Une demi-heure plus tard, Frédéric était chez nous. Nous nous connaissions, et nous nous étions déjà querellés une fois ou l'autre, mais bien qu'il vécût au-dessus de nous depuis quatre ans déjà, Frédéric n'était encore jamais venu à la maison.

Je me postai, jambes écartées, à la porte de la chambre où se trouvaient mes jouets et — ma mère eut beau dire —, je n'en bougeai pas. Je fixais Frédéric d'un œil hostile, refusant de partager mes jeux avec lui. Il me regarda un moment, puis s'adossant à la porte d'entrée de l'appartement, il tira de sa poche un petit morceau de bois.

— Mon père est allé en Forêt-Noire, et m'a rapporté cette flûte. C'est pour imiter le coucou.

Frédéric mit la flûte à sa bouche et souffla. La petite flûte rendit les deux sons brefs du coucou. Puis il la retira et me regarda en riant.

Subjugué, à chaque nouveau *coucou* je faisais un pas en avant ; à la fin j'étais nez à nez avec Frédéric. Il riait toujours et me mit la petite flûte dans la main.

Je ne comprenais rien : muet, ahuri, je le regardais fixement ; à la fin je me décidai. Sans un mot je le pris par la manche, je le tirai dans le couloir et, franchissant la porte, je le poussai jusqu'à mes jouets.

— Tu peux jouer avec tous.

Je ne sauvai que mon ours ; je me tassai dans

un coin avec lui, près de mon lit, et là je me mis à siffler sans arrêt : coucou, coucou...

Frédéric commença par déballer ma boîte de construction ; il essayait d'empiler tous les cubes pour en faire une tour, mais elle s'écroulait. Au début, cela excitait sa joie, et il riait aux éclats, mais à la fin cela l'irrita et il se mit à pester contre les morceaux de bois. Enfin il éparpilla le tout par terre et chercha un autre jeu. Trouvant mon camion il chargea les cubes sur la plate-forme et sur la remorque ; il fit tourner cet engin et son chargement autour de la pièce.

Moi, j'en avais assez de siffler « coucou », les lèvres me brûlaient et la mâchoire me faisait mal. Je laissai la flûte de côté et sortis le chemin de fer de mon coffre à jouets. Frédéric me tendait les rails, je les assemblais. Ensuite nous avons disposé les wagons. Il eut la permission de remonter la locomotive, car j'avais une locomotive mécanique. Le train partait ; pour l'arrêter il fallait se glisser sur le ventre et inverser un levier dans la cabine du conducteur, mais la plupart du temps le train s'arrêtait de lui-même, le mécanisme étant à bout de course. Nous jouâmes d'abord au train de marchandises et nous chargions les wagons avec des marrons d'Inde ; puis je montrai à Frédéric comment on fait dérailler un train et alors nous jouâmes à l'accident de chemin de fer...

Mais maintenant, vautrés sur le tapis et las de jouer, nous regardions fixement la lampe, le regard perdu. Épars autour de nous, des cubes, des rails, des marrons, des wagons, de vieux chiffons et des morceaux de papier jonchaient le sol ; seul restait debout mon ours... qui contemplait le désordre !

Maman vint nous chercher : on allait faire des beignets de pommes de terre. C'était le mets favori de mon père ; nous n'y avions droit qu'aux grandes occasions et on pouvait alors aider Maman : généralement Papa râpait les pommes de terre, moi, je hachais des oignons à en avoir les larmes aux yeux. Papa n'étant pas là, j'enfournais les pommes de terre épluchées dans l'appareil, tandis que Frédéric tournait la manivelle. Maman coupa les oignons elle-même, elle craignait que nous nous blessions avec le hachoir ; mais c'est nous qui répandîmes la farine sur les pommes de terre râpées, en y ajoutant une pincée de sel. Nous étions fiers de nous. Maman mit l'huile à chauffer et nous nous approchâmes bien près pour tout voir. La friture bouillante grésillait ; il y eut un sifflement lorsqu'elle versa la pâte. La cuisine était envahie de fumée, mais que ça sentait bon ! Maman retourna un à un chaque beignet ; le bord était devenu brun sombre, le centre tout doré. Puis cette teinte dorée vira au gris, le beignet était prêt.

Frédéric eut le premier beignet.

— Attention, c'est chaud ! lui dit Maman.

Frédéric faisait passer son beignet d'une main dans l'autre ; je le lui chipai et il le reprit ; il y eut une petite bataille, Maman intervint. L'huile, abandonnée dans la poêle, grésillait trop fort ; le beignet s'écrasa par terre.

Puis ce fut la réconciliation. Frédéric mordait d'un côté, moi de l'autre. Nous finîmes ainsi par les manger tous. Quelle fête : vannés, repus, nous nous étions adossés au mur.

— Et vous n'en avez pas laissé un seul pour Papa...

Maman rangea la poêle et nous contempla :

— Vous êtes jolis, bons à plonger dans la baignoire.

Sa voix fut recouverte par nos hurlements de joie.

Prendre un bain c'est déjà bien, mais à deux dans une baignoire, c'est encore mieux. Nos ébats aquatiques s'accompagnèrent de croassements, de gargouillis, de cris, d'éclaboussures et de rires. Maman courait d'un bout à l'autre de la baignoire, un chiffon à la main pour éponger le sol. Mais quelqu'un frappa au plafond, le calme revint. Maman en profita pour nous laver ; une seule fois ne suffit pas, à la troisième fois seulement nous retrouvâmes une couleur humaine.

Je barbotais encore dans la baignoire, Maman s'occupait de Frédéric, l'essuyait. Elle dit en riant :

— Frédéric, tu as vraiment l'air d'un petit Juif.

Chapitre 2

La neige
1929

Ce jour-là je m'écriai :

— Maman, sortons vite, il neige !

De la cuisine, Maman répondit qu'elle avait encore à faire, et que nous sortirions un peu plus tard.

Le jardin disparaissait sous la neige, et seul émergeait de ce tapis blanc la pointe du bonnet bleu de Polycarpe. De la porte de la maison à la petite grille, la neige étincelait, intacte encore, recouvrant comme tout le reste la petite allée dallée. Les flocons tombaient toujours, lentement, régulièrement. Mme Resch sortit néanmoins. Armée d'une pelle, elle entreprit d'abord de tracer un chemin dans la neige, la rejetant sur les rosiers nains qui encadraient les dalles de l'allée. Elle nettoya ainsi l'allée d'un bout à l'autre, tassant la neige sur le côté. Puis Mme Resch rentra chez elle.

J'étais désolé :

— Maman ! Mme Resch a enlevé la neige !

Maman se mit à rire :

— Rassure-toi, il en tombera encore.

Mais au même moment j'entendis battre la porte d'entrée, et Frédéric courut jusqu'au portillon. Arrivé là, il sauta à pieds joints dans la neige qui recouvrait le trottoir. Puis il fit un grand pas prudent, se retourna, accroupi, et contempla son empreinte. Apparemment satisfait, il renversa la tête en arrière autant qu'il le put et ouvrit la bouche pour y laisser entrer la neige. Il avait même tiré la langue pour attraper des flocons et il resta ainsi un moment, avalant de la neige à pleine bouche. Au bout d'un moment il jeta encore les yeux derrière lui, admirant ses traces. Cela lui donna une idée nouvelle : il entreprit de se frayer un chemin dans la neige. Sur son passage elle volait en poussière : c'était magnifique ; il courait, traînant les pieds, les flocons tourbillonnaient en nuage autour de lui.

— Maman ! en as-tu encore pour longtemps ? Je vois Frédéric qui joue dans la neige.

— Allons ! encore un peu de patience, j'arrive.

A son tour, Mme Schneider sortit. La neige étouffait ses pas et elle arriva derrière Frédéric sans qu'il l'ait entendue venir ; elle l'attaqua par surprise en lui faisant éclater sur la tête une énorme boule de neige tendre. Frédéric poussa un cri, s'ébroua, et, comme sa mère continuait à le bombarder de neige, il se baissa en riant, se protégeant le visage dans les mains. Alors, d'un bond, il se précipita vers sa mère, cachant sa tête dans son manteau et se serra contre elle pour échapper à une nouvelle attaque.

En le secouant très fort Mme Schneider nettoya son manteau couvert de neige. Puis, prenant Frédéric par les épaules, elle l'entraîna dans une danse folle.

— Maman ! Mme Schneider joue dans la neige avec Frédéric, cette fois, je t'en prie, sortons ! sortons !

Maman s'activait :

— Encore un peu de patience, je suis prête.

Mme Schneider s'assura que la rue était vide ; alors elle prit son élan et traversa la chaussée d'une glissade. Elle recommença aussitôt. Quelle belle patinoire ! Mme Schneider faisait quelques petits pas, s'élançait et glissait, bras écartés, sur la neige durcie ; son plaisir était évident. A la glissade suivante, elle vacilla, perdit l'équilibre. Ses pieds partirent en avant. Plouf ! elle s'était assise dans la neige ; elle y resta, riant aux éclats et ne se releva qu'avec l'aide de Frédéric. Lui aussi faisait des glissades, mais il n'était pas aussi habile que sa mère. Il prenait bien son élan, mais, au lieu de placer ses pieds l'un derrière l'autre, il les mettait côte à côte, et battait l'air de ses bras. Sa mère, heureusement, le rattrapait toujours avant qu'il ne tombât !

Je suppliai une dernière fois :

— Maman ! viens donc, ils font des glissades.

Cette fois Maman marqua son impatience :

— Je rince mon linge et nous sortons. La neige ne fondra pas aussi vite.

Frédéric faisait de petites boules de neige aussi dures qu'il le pouvait et les entassait devant le portillon.

Mme Schneider en faisait autant sur le trottoir d'en face. Elle était plus rapide que Frédéric dans la fabrication des boules, aussi dut-elle l'aider à préparer ses munitions. Puis la bataille commença. Frédéric était de notre côté, son tir ne portait pas bien loin et sa mère se plaça au milieu de la chaussée. Les boules volaient de l'un à l'autre. C'est lui qui fit mouche le premier. Comme Mme Schneider se baissait pour ramasser de nouveaux projectiles une boule s'écrasa sur son dos.

Pourtant Frédéric ne tarda pas à porter sur la poitrine une trace blanche révélatrice. Ils étaient tous les deux rouges d'excitation ; ils criaient et riaient comme des fous.

J'étais au bord des larmes :

— Ils font une bataille de boules de neige, je voudrais descendre.

Mais Maman était prête :

— Ça y est, nous y allons. Tu es content ?

A ce moment, la maman de Frédéric chercha un endroit où la neige était particulièrement épaisse. Elle fabriqua encore une boule, mais cette fois elle la reposa délicatement par terre et se mit à la promener avec précaution dans la neige toute blanche. La petite boule grossit en un clin d'œil. De temps à autre Mme Schneider s'arrêtait et tassait la neige agglomérée.

Frédéric, debout près de sa mère, la regarda d'abord avec curiosité. Puis il partit tout d'un coup en courant, vers un endroit du trottoir où la neige était bien propre et il commença comme elle à rouler une boule. Elle eut fini la première, sa boule était la plus grosse. Elle la tassa de toutes ses forces sur le trottoir, devant notre maison et s'assit même dessus pour l'aplatir un peu. Elle prit la boule de Frédéric, la posa sur l'autre et cimenta les deux avec de la neige fraîche.

— Maman ! ils font un bonhomme de neige...

Maman apporta mes grosses chaussures d'hiver et mon manteau. Tout en m'aidant à m'habiller, elle regardait elle aussi par la fenêtre. Les bras du bonhomme furent faits avec deux rouleaux de neige que Frédéric tendit tout préparés à sa mère ; elle les colla à la poitrine du bonhomme : entreprise difficile, ils se décollaient toujours !

— Tu vois bien, gros bête, il neige encore.

Maman me noua une écharpe autour du cou et m'enfonça mon bonnet jusqu'aux oreilles. Pour la première fois j'enfilai les moufles neuves qu'elle m'avait tricotées pour l'hiver. Puis elle me toisa des pieds à la tête avec satisfaction :

— Là ! je me prépare, et, hop ! dans la neige !

Pendant que Frédéric roulait jusqu'à ses pieds une boule pour la tête du bonhomme, Mme Schneider trouva dans la poubelle un peu de mâchefer, une bouteille de bière cassée et des épluchures de pommes de terre. Une fois la grosse boule posée en guise de tête sur le bonhomme, elle enfonça la bouteille à la place du nez, le mâchefer servit pour les yeux et avec les épluchures elle fit des oreilles, de drôles d'oreilles jaunes.

Maman était tout habillée derrière moi.

— Je suis prête, allons.

Elle regarda dans la rue.

— Un beau bonhomme de neige, dit-elle, il ne lui manque qu'un chapeau !

Mme Schneider, elle non plus, n'était pas encore satisfaite de son œuvre. Elle sembla chercher autour d'elle, puis secouant la tête, fouilla dans sa poche, en retira ses clefs et rentra. Frédéric mit une dernière main au bonhomme ; il égalisa la surface du côté gauche, consolida le bras droit. Son travail terminé, il regarda dans la direction de la porte d'entrée et partit à la rencontre de sa mère.

En traversant le jardin, il ne put résister au

plaisir de jouer dans la neige toute neuve de la pelouse. Il gambadait et sautait d'un massif à l'autre lorsque nous entendîmes une fenêtre s'ouvrir avec fracas. M. Resch, dont la voix était presque méconnaissable, rugit de toutes ses forces :

— Veux-tu bien laisser mes roses en paix, sale petit Juif !

Maman eut un mouvement de recul.

— Éloigne-toi de cette fenêtre, me dit-elle.

Chapitre 3

La visite de grand-père
1930

Mon grand-père, le père de Maman, était cheminot. Il circulait beaucoup et nous rendait visite parfois, lorsque, de passage dans notre ville, il pouvait interrompre son voyage. Mais il s'annonçait toujours par une carte postale. Dès que nous étions informés de sa visite, Maman, surexcitée, commençait à ranger l'appartement. Elle essuyait la poussière là où il n'y en avait pas et, de ses ultimes deniers, achetait un paquet de bon café. Elle me brossait les mains à la brosse de chiendent. Après cette opération, mes mains me faisaient si mal qu'il m'était impossible de saisir quoi que ce soit. Mes cheveux, si désordonnés d'habitude, Maman me les plaquait sur le sommet du crâne à grand renfort d'eau, de l'eau du robinet. Posté derrière la porte d'entrée en costume du dimanche, j'attendais mon grand-père à l'heure indiquée. On sonnait, j'ouvrais la porte toute grande et le saluais en m'inclinant très bas.

— Bonjour, cher grand-père, nous vous souhaitons la bienvenue parmi nous.

Grand-père passait devant moi sans un mot. Il traversait rapidement l'appartement, inspectait chaque pièce, ne s'arrêtant que dans la pièce de séjour. A ce moment-là seulement nous pouvions le saluer. Je devais lui présenter mes mains — elles étaient propres —, il me fallait ensuite me retourner et lever les pieds l'un après l'autre. Grand-père voulait vérifier si l'espace compris entre la semelle et le talon de mes chaussures était enduit de cirage ; nous connaissions cette manie, aussi ne trouvait-il là non plus rien à redire. Ensuite grand-père prenait sa place à table, toujours la même. Il était assis très droit, Papa lui faisait face, Maman restait debout derrière sa chaise, prête à devancer ses moindres désirs. J'étais silencieux dans mon coin, mes mains rouges d'avoir été frottées, posées à plat sur mes genoux d'une propreté également scrupuleuse. Au moindre mouvement que j'esquissais, Maman me lançait un regard suppliant, et mettait un

26

doigt sur ses lèvres pour me rappeler au silence. Comme toujours, grand-père s'en prenait à Papa : il lui reprochait de ne pas se donner assez de mal pour trouver du travail. Papa courbait la tête sous l'orage ; il connaissait la fin du discours. Grand-père terminait régulièrement par ces mots :

— Que n'es-tu entré dans les chemins de fer ! Ta famille n'en serait pas où elle en est.

Papa acquiesçait avec soumission et grand-père ajoutait :

— Le petit, lui, y entrera. J'en fais mon affaire. Il lui faut un métier sûr et une retraite au bout.

Papa approuvait grand-père, il l'approuvait dans tous les domaines, car grand-père nous venait en aide pécuniairement. Aussi longtemps que nous n'eûmes pour vivre que l'indemnité de chômage de Papa, grand-père nous envoya de l'argent chaque mois. Le montant servait aux dépenses journalières et, sans ce supplément, nous n'aurions pas tous les jours mangé à notre faim. Voilà pourquoi Papa donnait toujours raison à grand-père.

Boum ! Un bruit sourd ébranla le plafond, faisant trembler le lustre.

J'énonçai à haute voix :

— C'est Frédéric.

Grand-père fronça les sourcils :

— Qui est Frédéric ?

Papa s'empressa d'expliquer :

— Au-dessus de nous habite une famille juive, les Schneider. Ils ont un garçon de l'âge du nôtre, qui s'appelle Frédéric. A eux deux, ils forment une paire d'amis.

Grand-père toussota :

— Des Juifs, dis-tu ?

— Oui, de très braves gens.

Grand-père pinça les lèvres et resta un instant silencieux, puis il dit d'une voix sourde :

— J'ai eu autrefois un directeur, le conseiller Cohn. C'était un Juif. Personne ne l'aimait, il souriait toujours, même en nous faisant une remarque. Ceux qu'il prenait en faute, il les invitait aimablement à venir dans son bureau et là il leur expliquait en quoi ils avaient mal fait, comme à des écoliers, mais toujours avec amabilité.Un jour d'été il avait sa chemise entrouverte et j'ai vu qu'il portait sur la peau un morceau de tissu rectangulaire... un châle de prière à franges ! Il n'ôtait jamais son chapeau. Je n'aime pas repenser au conseiller Cohn.

Papa et Maman restèrent sans réaction après le récit de grand-père. Lui nous regarda attentivement, puis déclara d'une voix nette :

— Nous sommes chrétiens. Il ne faut pas oublier que ce sont les Juifs qui ont mis le Christ en croix.

Papa risqua une timide réflexion :

— Pas les Schneider tout de même.

Maman pâlit. Grand-père se leva, prit appui sur la table et, d'un ton sec, en me montrant du doigt :

— J'entends, dit-il, que cet enfant n'ait plus aucun rapport avec ce Juif.

Puis il se rassit aussi soudainement qu'il s'était levé. Papa et Maman avaient des regards apeurés. Le silence, un silence terrible régnait dans la pièce ; il fut troublé par un coup de sonnette. Maman courut à la porte et j'entendis la voix de Frédéric qui demandait si je pouvais monter jouer un moment avec lui...

Maman chuchota par l'entrebâillement de la porte :

— Non, son grand-père est là.

Elle ferma la porte et revint.

— Qui était-ce ? demanda grand-père, d'un ton sec.

— Un petit voisin, répondit ma mère. Veux-tu encore une tasse de café ?

Chapitre 4

Vendredi soir
1930

Maman lavait le linge pour des autres mais elle en avait honte, et il fallait que personne ne le sût. Mon père était parti en quête d'un emploi, je jouais donc avec Frédéric chez les Schneider.

— Ce petit étui qui est suspendu au-dessus de votre porte, qu'est-ce que c'est ?

Mme Schneider, qui entrait, répondit pour Frédéric ;

— C'est notre Mesuah, notre porte-bonheur. Son rôle est de nous aider à ne jamais oublier Dieu ni ses commandements.

Elle me prit par la main et, en quittant la pièce, effleura le Mesuah de sa main droite, puis porta à ses lèvres les doigts qui avaient touché le petit étui.

— Va donc devant la fenêtre et regarde dans la rue en attendant, me demanda-t-elle. Frédéric doit se changer, son père va arriver à l'instant.

Avant de sortir, elle garnit le poêle et le régla pour qu'il donnât seulement un peu de chaleur.

Chez nous, ma mère ne ferait le grand ménage hebdomadaire que le jour suivant ; Mme Schneider, elle, l'avait déjà terminé. La table reluisait, il n'y avait pas un grain de poussière sur les meubles, les vitres des armoires étincelaient. Tout ceci avait pour moi quelque chose d'étrange. Frédéric entra, il portait une chemise blanche et son plus beau costume. Mme Schneider mit près de la fenêtre deux chaises pour nous, les enfants ; nous regardions dehors en silence. Le soir tombait, c'est à peine si l'on distinguait encore au milieu du gazon le bonnet pointu de Polycarpe. Quelques maisons étaient déjà éclairées ; les becs de gaz s'allumaient rapidement les uns après les autres. Il ne circulait que de rares passants. Quel calme ! Quelle paix ! La paix du logis des Schneider me paraissait solennelle elle aussi. Mme Schneider mit sur la table une nappe blanche, si blanche qu'elle en était lumineuse dans cette pièce emplie d'ombre. Elle prit dans l'armoire deux chandeliers pourvus de bougies neuves, les posa sur la table. De la cuisine elle apporta deux petits pains, qu'elle avait fait cuire elle-même, les mit aussi sur la table, entre les chandeliers et la place de M. Schneider. Il y avait beau temps que je ne regardais plus par la fenêtre : j'observais les préparatifs de Mme Schneider. Pourquoi toute cette solennité ?

— Que se passe-t-il ? chuchotai-je à Frédéric.

— Le Sabbat, me chuchota-t-il également.

Un dernier trait de lumière, rouge sang, jaillit par-dessus le toit d'une maison, révélateur du couchant, et il baigna tout de pourpre.

Alors Mme Schneider ôta son tablier et, tirant de l'armoire une grande coupe d'argent, elle la posa à la place de M. Schneider, plaça un livre de prière à côté, puis alluma les deux bougies en se tournant vers le mur incendié de soleil couchant, et murmura quelque chose, tout bas.

Pendant cette prière nous entendîmes M. Schneider ouvrir la porte d'entrée. Peu après il pénétra dans la pièce, vêtu d'un costume sombre, la tête couverte d'une minuscule calotte brodée.

Frédéric s'avança au-devant de son père. M. Schneider lui mit la main sur la tête en disant :

— *Que Dieu te rende semblable à Éphraïm et Manassé, que le Seigneur te bénisse et te protège,*

qu'il laisse resplendir devant toi sa face et te donne sa grâce, que le Seigneur tourne vers toi sa face et te donne la paix.

Puis il ouvrit le livre qui l'attendait sur la table et lut à haute voix pour sa femme quelque chose dans une langue que je ne comprenais pas.

Mme Schneider l'écoutait en silence, la tête inclinée. Stupéfait je fixais la flamme de la bougie, ne sachant que penser ni que faire. Tout cela était très étrange pour moi.

M. Schneider prit la coupe, l'emplit de vin, et, la tenant de ses deux mains, il pria ; puis nous bûmes chacun une gorgée : M. Schneider d'abord, Mme Schneider, Frédéric et moi enfin.

M. Schneider sortit pour se laver les mains. Il revint et prononça au-dessus du pain ces paroles :

— *Nous te rendons grâces, Seigneur notre Dieu, roi du monde qui fais sortir le pain de la terre.*

Il coupa le pain et tendit à chacun d'entre nous un petit morceau que nous mangeâmes en silence.

A ce moment, quelqu'un fit couler de l'eau chez nous, à l'étage inférieur.

— Ta maman est rentrée, me dit doucement Mme Schneider. Veux-tu lui porter quelques poires, sinon elles deviendront trop mûres ; la corbeille est dans le couloir.

Je remerciai, pris congé et descendis en emportant les poires pour Maman.

Mais ce soir-là, en m'endormant, j'entendais encore les Schneider chanter tous les trois, doucement, tristement, leur prière incompréhensible.

Chapitre 5

La rentrée
1931

Ce premier jour de classe, nous l'avons passé côte à côte, Frédéric et moi.

Le maître nous avait raconté une histoire ; puis on avait chanté en chœur «Petit Jean». Et voilà, maintenant, ces premières heures studieuses étaient terminées.

A la porte de l'école, nos parents nous attendaient. Papa était toujours sans travail. M. Schneider, lui, s'était mis en congé pour la circonstance. Nous eûmes chacun un cornet-surprise : celui de Frédéric était rouge, le mien bleu — un peu plus petit que le sien.

Frédéric l'ouvrit sans plus attendre, me donna de ses bonbons et cassa une des tablettes de chocolat pour en offrir à tout le monde. Je voulais dénouer les rubans de ma surprise, mais Maman, de la tête, fit signe que non et, me prenant à part, elle me demanda de ne le faire qu'à la maison. J'obéis sans bien comprendre.

Nous avions atteint le coin de la rue.

— Et maintenant, où allons-nous ? demanda M. Schneider à la cantonade. Il avait l'air fermement décidé à s'amuser un peu.

Nous le regardâmes tous, pleins d'espoir. Seul Papa lança un regard inquiet à Maman. Mais déjà Frédéric répondait, en sautant de joie :

— A la Foire ! Allons à la Foire...

Papa jeta un nouveau coup d'œil à Maman, angoissé cette fois ; et Maman dit alors à M. Schneider :

— Comme je regrette que nous ne puissions venir avec vous ; mais beaucoup de travail m'attend à la maison et mon repas n'est pas prêt.

— Je voudrais aller au champ de foire, implorai-je.

Papa me caressa les cheveux :

— C'est impossible, mon petit, pense à Maman.

Mais M. Schneider s'empara du bras de Maman, Mme Schneider se suspendit à celui de Papa.

— Pas d'excuse qui tienne ; en l'honneur du

premier jour de classe, nous allons tous au champ de foire.

Papa et Maman semblaient peu enthousiastes, cependant ils emboîtèrent le pas.

Frédéric me fourra dans la bouche trois morceaux de chocolat d'un seul coup.

Bras dessus, bras dessous, chargés de nos surprises, nous courions devant nos parents. Arrivés sur le champ de foire, nos pères nous prirent chacun par la main.

Papa s'approcha discrètement de Maman et lui glissa à l'oreille :

— Prête-moi cinq marks.

Maman murmura :

— Je n'ai pas d'argent, rien que deux marks pour les courses.

Papa soupira :

— Donne-les quand même, j'ai aussi quelques pfennigs.

Maman fouilla dans sa poche, comme si elle cherchait son mouchoir ; mais, sans en avoir l'air, elle glissa les deux marks dans la main de Papa qui les regarda d'un air désolé.

Je commençais à regretter d'avoir insisté pour venir au champ de foire. Maintenant la famille Schneider marchait devant et nous suivions, l'air morne.

Nous étions devant le manège de chevaux de bois. Soudain Frédéric me glissa dans la main un ticket d'entrée. Le manège venait de s'arrêter ; nos mamans furent chargées de nos cornets-surprises et nous grimpâmes sur les chevaux.

Le mien s'appelait Bella.

Si l'on en croyait l'inscription, celui de Frédéric était un alezan. C'était merveilleux cette chevauchée en rond. Nous faisions des gestes, des bonds en criant de joie, talonnant nos chevaux jusqu'à l'arrêt du manège. M. Schneider nous apporta de nouveaux tickets pour faire un second tour.

Au tour suivant, M. Schneider, Mme Schneider, Papa et Maman montèrent aussi. Ils enfourchèrent des chevaux derrière les nôtres.

C'est après ce tour que Mme Schneider acheta pour tous une grosse boule de cheveux d'ange au bout d'un bâtonnet.

Tandis que nous mangions nos cheveux d'ange, Papa faisait des comptes d'un air désespéré devant chaque baraque pour savoir s'il avait assez d'argent pour pouvoir offrir quelque chose à chacun de nous.

— Qu'est-ce qu'il faut faire ? glissa-t-il à Maman qui haussa les épaules avec découragement.

M. Schneider nous offrit une longue saucisse à la moutarde dans un petit pain. De détresse, Papa put à peine l'avaler.

Je savais que Maman avait un faible pour ces saucisses-là ; mais le souci qu'elle se faisait enlevait toute saveur à celle qu'elle était en train de manger.

Papa disparut subitement ; il revint porteur de six bâtons de réglisse.

Mme Schneider s'en réjouit comme si, de sa vie, elle n'avait jamais reçu plus beau cadeau. Tous, petits et grands, nous nous mîmes à sucer nos bâtons. Papa poussa alors un soupir de soulagement.

A nous, les enfants, on permit encore un tour de

manège. Puis nous regardâmes nos parents se balancer dans des petites nacelles, M. Schneider avec Maman, Papa avec Mme Schneider.

Frédéric bâillait. Moi aussi, je commençais à être fatigué.

— Assez pour aujourd'hui, déclara M. Schneider. En route pour la maison.

C'est à l'extrémité du champ de foire que Papa trouva enfin la boutique qu'il lui fallait : « Photos-souvenirs, 1 mark la carte postale, les deux cartes 1 mark cinquante. »

Papa s'approcha du propriétaire de la baraque et lui demanda de nous photographier ; il commanda tout de suite deux cartes postales.

Le photographe s'effaça pour nous laisser passer.

— Si ces Messieurs-Dames veulent se donner la peine d'entrer.

Le fond de la baraque représentait un décor de montagne ; devant, trônait un cheval de bois.

— Prenez place, nous dit-il.

— Où ?

— Sur le cheval.

— Mais, on ne peut pas tenir plus de deux là-dessus !

— Un instant.

Et l'homme saisit le cheval par la queue comme s'il voulait l'arracher. Le cheval de bois s'allongea, s'allongea ; maintenant, dix grandes personnes auraient pu sans peine s'installer sur son dos.

C'était si drôle ce cheval extensible que M. Schneider partit d'un grand éclat de rire ; jamais je n'avais vu quelqu'un rire de si bon cœur. Sa femme était obligée de le soutenir pour l'empêcher de tomber.

Papa enfourcha fièrement, le premier, ce cheval aux dimensions fantastiques.

Le photographe apporta un petit tabouret et aida Maman et Mme Schneider à monter en selle. Puis il nous hissa, nous, les enfants, sur le dos du cheval.

M. Schneider monta le dernier, mais il riait encore tellement qu'il faillit basculer de l'autre côté. Enfin nous fûmes tous perchés sur le cheval de bois ; Frédéric et moi, nous étions si fatigués que nous serions tombés par terre si nos mères ne nous avaient solidement maintenus. Seul, Papa, dressé au milieu, chevauchait fièrement, comme à la parade, le torse bombé et une main sur la hanche.

M. Schneider continuait si bien à rire que tout le monde en fit autant.

Papa, cependant, souriait seulement, afin de ne rien perdre de sa dignité de cavalier.

Le photographe disparut sous le voile noir de son appareil. On ne voyait plus que ses deux mains. Il donnait des instructions que personne ne comprenait. Enfin il remplaça le verre dépoli par la plaque. Il se mit en position à côté de l'appareil et dit : « Attention » ; puis il pressa dans sa main une poire de caoutchouc rouge. Sans bouger, nous ravalâmes notre rire, fixant l'appareil jusqu'au « Je vous remercie » du photographe.

Il avait déjà disparu dans sa chambre noire avec la plaque, pendant que nous dégringolions de cheval les uns après les autres.

M. Schneider commença à tirer le cheval par la queue, et quelle ne fut pas la surprise de chacun d'entre nous en voyant le cheval s'allonger encore, il s'étira jusqu'au mur de la baraque !

Ce fut encore un immense éclat de rire devant cet animal qui traversait de toute sa longueur le paysage de montagne.

Le photographe nous apporta les deux cartes. Papa le paya avec désinvolture en prenant l'argent dans la poche de sa veste. Il s'inclina devant Mme Schneider et lui tendit une photo.

J'étais assis en avant. Entre les oreilles du cheval pointait mon cornet-surprise. Derrière moi, Maman ; à voir son visage on aurait dit qu'elle retenait dans sa bouche une grenouille prête à s'échapper. Papa trônait au milieu avec des allures de propriétaire.

Frédéric s'agrippait à la veste de son père, le cornet-surprise qu'il tenait à la main dépassait le sommet des montagnes comme s'il avait voulu soutenir les nuages. Mme Schneider retenait Frédéric par le col. M. Schneider était hilare.

Les cartes-souvenirs furent le sujet de nombreuses plaisanteries sur le chemin du retour. A présent, Papa avait un peu honte de s'être pris tellement au sérieux sur un cheval de bois !

En arrivant à la maison je titubais de fatigue. Je me hâtai de jeter mon cartable neuf dans un coin et dénouai enfin les rubans de ma surprise. Elle ne contenait qu'un lot de biscottes sucrées et beaucoup, beaucoup de papier roulé en boule.

Maman me prit la tête dans ses mains et dit à mi-voix :

— Ne sais-tu pas que nous sommes pauvres, mon petit ?

Papa se lava les mains et demanda :

— Que mangeons-nous ce soir ?

Maman eut un geste d'impuissance et de lassitude :

— Rien, nous avons dépensé à la Foire l'argent du dîner...

Chapitre 6

En revenant de l'école
1933

Ce 1er avril 1933 était un samedi. Nous revenions de l'école.

— Sais-tu, me dit Frédéric, que ma mère m'a emmené hier chez le médecin? C'était pour qu'il me nettoie les oreilles. Eh bien, il ne l'a pas fait!

— Pourquoi donc? demandai-je.

Frédéric éclata de rire :

— Il a dit que ce n'était pas la peine, mais qu'il fallait d'abord que je prenne un fortifiant et il m'en a prescrit un fameux. Il a assuré que trois cuillerées me rendraient si courageux qu'on pourrait alors me nettoyer facilement les oreilles.

J'étais très intrigué.

— Et alors, que s'est-il passé?

Frédéric eut un haussement d'épaules :

— J'en ai pris cinq cuillers, tellement c'était bon...

Moi, je n'étais pas satisfait, car Frédéric ne m'avait pas donné la réponse que j'attendais.

— Et tes oreilles?

Frédéric fit la moue et dit sans insister :

— Maman m'a nettoyé les oreilles hier soir.

— Alors, tu as crié?

Frédéric évita mon regard :

— Un peu seulement...

Nous marchions en silence côte à côte. C'était un samedi; comme tous les samedis, il y avait peu de circulation dans les rues, les ménagères faisaient leurs achats pour le dimanche. Et nous, comme nous avions très peu de devoirs pour le lundi suivant, nous ne nous pressions pas.

— Quel est votre médecin? demandai-je à Frédéric.

— Tiens, tu vas voir, on va passer devant chez lui.

Du doigt, il me montra une maison à plusieurs étages.

— Là, dit-il. Voilà sa plaque.

A côté de la porte, je vis en effet une plaque sur laquelle était inscrit :

Docteur Jakob ASKENASE
Pédiatre
affilié à toutes les caisses
Reçoit tous les jours, sauf le samedi, de 9 h à 12 h et de 15 h à 17 h

Mais, sur le tout, quelqu'un avait gribouillé à la peinture rouge le mot : JUIF.

Frédéric sursauta :

— Qui a fait ça?

Il tâta du doigt la couleur.

— C'est encore tout frais...

Il regarda autour de nous.

— Viens, dit-il subitement.

Et, d'un pas décidé, il alla jusqu'à la porte et appuya sur la sonnette du docteur Askenase.

Nous attendîmes un instant.

— Il ne reçoit pas aujourd'hui; il n'est peut-être pas chez lui, fis-je remarquer au bout d'un moment.

Nous allions repartir lorsque nous entendîmes du bruit à l'intérieur. Frédéric s'appuya contre la porte jusqu'à ce qu'elle s'ouvrît.

Un homme d'un certain âge, habillé de noir,

parut. Il avait sur la nuque un châle de prière. En reconnaissant Frédéric, il sourit.

— Eh bien, Frédéric, les fleurs poussent-elles déjà dans tes oreilles ?

Frédéric rougit et dit tout bas :

— Maman m'a nettoyé les oreilles hier soir.

Le docteur approuva de la tête :

— Je savais bien qu'un si bon médicament te rendrait raisonnable. Il est bon, n'est-ce pas ?

— Oh, oui ! admit Frédéric soudain ragaillardi.

Il se tourna vers moi :

— C'est mon ami. Dites, Docteur, vous devriez lui donner à lui aussi de ce bon sirop...

Le docteur Askenase me tendit la main :

— Eh bien, tu viendras me voir avec ta mère.

Puis il demanda :

— Mais vous n'êtes pas venus pour cela. Tu sais bien, Frédéric, que je ne reçois pas aujourd'hui.

Frédéric bredouilla :

— C'est pour vous dire...

Il semblait avoir de la peine à trouver ses mots.

— Voilà : quelqu'un a écrit «Juif» sur la plaque, dis-je à mon tour, pour lui venir en aide.

— Je sais, dit le médecin ; je l'ai vu ; ne vous inquiétez pas, je l'enlèverai demain.

Mais, en parlant, le docteur Askenase était

devenu grave ; pensivement il nous caressa les cheveux, puis soudain il nous congédia en nous serrant la main :

— Je vous remercie d'être venus. Maintenant rentrez chez vous.

Il nous fit encore un signe de tête, mais il ne souriait plus. La porte se referma derrière lui : le bon docteur avait disparu...

Maintenant nous marchions en silence. En arrivant au carrefour, nous vîmes un rassemblement.

— Un accident !

Nos serviettes sous le bras, nous prîmes le pas de course...

Il y avait au coin de la rue une petite papeterie; nous la connaissions bien; pour y entrer, il fallait descendre quelques marches. On y trouvait de tout : du papier de toutes les couleurs, des blocs à dessin, de l'encre, mais aussi des bonbons, des bouchées au chocolat à 5 pfennigs, et des bâtons de réglisse à 2 pfennigs. La boutique appartenait à un petit vieux qui avait une barbe en pointe. Nous achetions toujours nos cahiers chez lui. Il était très aimable avec nous : il nous faisait souvent une petite réduction et il donnait même des cachous par-dessus le marché. Malgré tout cela, nous nous moquions souvent de lui à cause de sa barbiche et de sa voix chevrotante; nous descendions les trois marches en faisant : « Bêe... bêe. » Mais il ne nous en voulait pas; et il nous semblait même, parfois, qu'il forçait exprès le chevrotement de sa voix, pour nous amuser encore davantage...

Or l'attroupement des badauds était massé juste devant sa boutique et il y avait en vérité tellement de monde que nous ne parvenions pas à voir ce qui se passait. Des gens riaient et plaisantaient, mais, pour la plupart, ils avaient plutôt l'air grave.

Pour mieux voir, nous nous faufilâmes jusqu'au premier rang de la foule; personne ne nous

barra le chemin; bien mieux, une femme me
poussa même tout à fait devant. Alors nous vîmes
ce qui se passait. Juste au-dessous de l'enseigne où
était écrit : LIBRAIRIE ABRAHAM ROSENTHAL, un
homme debout, jambes écartées, barrait l'entrée.
Il portait une culotte de cheval, des bandes
molletières et, sur la manche gauche de sa chemise kaki, un brassard avec la croix gammée.
Dans la main droite, il tenait... un manche à
balai, un vrai manche à balai au bout duquel on

avait fixé avec trois punaises une banderole et sur cette banderole s'étalait en grosses lettres la phrase suivante :

Ne faites pas vos achats
chez les Juifs

C'est à ce moment-là qu'approcha une très vieille dame, qui portait un sac à provisions tout rapiécé ; parvenue devant l'homme à la banderole elle tira de la poche de son manteau une paire de lunettes, qui n'avaient plus qu'une seule branche ; elle les posa avec difficulté sur son nez et se mit à lire.

L'homme, lui, sembla n'avoir rien remarqué ; son regard immobile fixait toujours l'horizon, par-delà la vieille dame et par-delà le groupe de badauds que nous formions.

La vieille dame avait remis ses lunettes dans sa poche, elle trottinait à pas menus tout autour de l'homme au brassard, essayant d'entrer dans la boutique ; finalement elle s'arrêta devant lui et dit à voix basse :

— Laissez-moi passer, s'il vous plaît.

Sans faire un geste et sans même la regarder, il dit d'une voix haute, sur le ton d'une proclamation :

— Ne faites pas vos achats chez les Juifs.

— C'est pourtant bien mon intention, insista la vieille dame ; et comme il ne bougeait pas d'un pouce, elle se faufila entre lui et le mur et disparut dans la boutique.

Au premier rang, certains étouffèrent un rire ; derrière, on rit franchement tout haut. L'homme à la banderole ne broncha pas, mais on vit bien qu'il était furieux.

Quelques minutes après, la vieille dame ressortit du magasin et monta péniblement les trois marches. On pouvait voir sortir de son sac un rouleau de papier bleu, de ce papier qui sert à couvrir les livres. Elle se faufila de nouveau derrière le dos de la sentinelle et lui dit avec un petit hochement de tête en passant :

— Merci bien, jeune homme !

Puis elle s'en alla, toute menue, son rouleau de

papier dépassant de son sac, de sorte que chacun pouvait voir ce qu'elle avait acheté. De son regard de myope, elle fixa un instant la foule, sourit à tous et s'en fut.

Derrière la vieille dame, Abraham Rosenthal s'était avancé sur le seuil de sa boutique, en bas des trois marches. On l'apercevait à peine entre les jambes de l'homme au brassard, mais lui, l'air grave, regardait les gens attroupés devant sa boutique. Soudain, il nous reconnut. Frédéric le salua poliment, mais de façon si visible que ceux qui nous entouraient ne purent pas ne pas s'en apercevoir. Moi, je ne fis qu'un imperceptible signe de tête. Abraham Rosenthal répondit en s'inclinant en silence.

L'homme à la banderole nous foudroya du regard :

— Déguerpissez...

Frédéric le regarda de bas en haut, avec insistance, et calmement lui répondit que tant qu'il restait là, nous pouvions bien y rester, nous aussi ! Alors l'homme serra les dents, respira profondément et sortit la main gauche de son ceinturon, puis il fit un pas en avant, dans un geste de menace :

— Est-ce que tu te moques de moi, petit morveux ?

Jugeant que les choses risquaient de mal tourner, quelques spectateurs s'en allèrent, les autres reculèrent d'un pas. Le silence s'était fait soudain, terriblement pesant; on ne parlait plus, on ne riait plus. Nous étions seuls, au premier rang. L'homme écumait de rage, la banderole frémissait au bout du manche à balai.

Une main se posa sur l'épaule de Frédéric et je sentis qu'on m'entraînait en arrière. Je me retournai et je vis le père de Frédéric.

— Venez, les enfants.

Et il nous ramena à la maison.

Chapitre 7

L'anneau de cuir
1933

Après avoir grimpé l'escalier à toute allure, je pressai la sonnette de l'appartement des Schneider : trois coups brefs, un long : c'était notre signal ; puis je redescendis aussitôt l'escalier quatre à quatre et j'allai flâner d'abord dans le jardin, au nez et à la barbe de Polycarpe, ensuite sur le trottoir, jusqu'au coin de la rue. C'est là que Frédéric vint me rejoindre peu après ; il était tout essoufflé :

— Je te remercie d'être passé me prendre.

Nous marchions tous les deux en direction de la promenade. Nous n'avions nul besoin de nous dépêcher, car nous étions en avance. Frédéric me dit :

— Cela me fait tellement plaisir de venir avec toi ; mais ne le dis pas à mon père, il n'aime pas que j'aille là-bas. Je vous ai vus marcher en chantant à travers la ville, avec votre fanion, c'était formidable ! J'aimerais bien être des vôtres, mais Papa ne veut pas me donner la permission... Attendons un peu, il changera peut-être d'avis.

Nous traversions le parc sans nous presser. On pouvait distinguer derrière les arbres les bâtiments sombres et les toits de tuile de l'ancienne forteresse.

— Qu'est-ce que vous allez faire aujourd'hui ? Encore un grand jeu ?

Je secouai la tête.

— Le mercredi nous avons réunion au local. C'est seulement à cette réunion que nous pouvons amener des nouveaux. Mais ne dis pas tout de suite que tu es juif, ça vaut peut-être mieux.

Frédéric me prit par l'épaule et dit tout bas :

— Je suis tellement content.

Je lui expliquai quel garçon épatant était notre chef.

— Il fait partie de la Jeunesse hitlérienne depuis déjà longtemps. Tu verras son foulard accroché au mur du local, il est déchiré au milieu : il le portait pendant un coup dur, un communiste a voulu le tuer, mais le couteau a traversé le foulard sans l'atteindre.

Tout d'un coup Frédéric fouilla dans sa poche et en tira un morceau de tissu noir triangulaire.

— Pour un peu je l'aurais oublié, je l'ai pris dans la boîte à pansements de Maman.

Nous fîmes halte au banc suivant ; j'appris à Frédéric comment on roulait son foulard de façon réglementaire et je le lui glissai sous le col blanc de sa chemise, en sorte que la pointe seule apparaissait. J'allais nouer ce foulard quand Frédéric sortit encore de sa poche un anneau de cuir brun, gravé d'une croix gammée ; notre chef lui-même ne possédait pas son pareil. Frédéric glissa les extrémités du foulard dans l'anneau qu'il fit remonter jusqu'au cou ; ma jalousie visible redoublait sa joie ; bombant la poitrine il se mit à mon pas. Nous nous engageâmes sous la grande porte de la forteresse, vers le lieu du rassemblement.

Les autres faisaient déjà les fous dans la cour, sans se soucier de nous. La plupart portaient des culottes courtes, une chemise quelconque à raies ou à carreaux ; bien peu étaient en possession d'une véritable chemise brune. En somme personne n'était vêtu de façon réglementaire, le seul point commun était le foulard triangulaire dont la pointe dépassait le col de la chemise. Frédéric, rayonnant, s'adossa au mur à côté de moi.

— Je suis si heureux de pouvoir être là, dit-il en portant la main à son anneau de cuir.

Notre chef arriva enfin, il pouvait avoir quinze ans, son uniforme était réglementaire, tel que nous le souhaitions pour nous. Je lui annonçai que j'avais amené un nouveau.

— Bien, dit-il, mais je n'ai pas le temps de m'occuper de lui, on verra plus tard.

Et il nous fit entrer. Nous nous mîmes en position, je poussai Frédéric à mon côté au dernier rang.

— Demi-tour à droite, entrez.

Il y eut un léger désordre, dû au fait que Frédéric ne savait où se mettre. Il reçut quelques bourrades dans les côtes, enfin il gravit, marquant le pas sur mes talons, l'escalier en colimaçon. Notre local était une pièce de l'ancienne forteresse, dépourvue de fenêtres. Une puissante ampoule électrique pendait au plafond. Dès l'entrée, le regard tombait sur un portrait d'Hitler, fixé au mur en face de la porte, et juste au-dessous on pouvait admirer le fameux foulard, largement déployé, de notre chef. Les multiples doigts qui avaient respectueusement effleuré la déchirure légendaire l'avaient transformée en un trou de la largeur d'une tête. Sur le mur de droite deux bâtons croisés ; à leur extrémité, les fanions noirs fixés par des clous sur lesquels rayonnait le signe de la victoire, brodé en blanc. Un chef de troupe avait essayé ses talents sur le mur attenant à la porte, peignant des devises à la gouache :

« ÊTRE ET NON PARAITRE. »
« QUE CELUI QUI VEUT VIVRE SOIT PRÊT A LA LUTTE. »

En prenant place près de moi sur le banc de bois, Frédéric tremblait d'excitation.

— C'est épatant, chuchota-t-il, je suis si heureux ! moi aussi, je vais devenir un Pimpf[1] !

A peine étions-nous assis que le chef surgit ; un ordre retentit : « Garde à vous ! » Tous nous nous levâmes d'un bond, le visage tourné vers le portrait d'Hitler. Le chef de troupe fit son rapport au chef de district. Celui-ci vint à pas lourds se mettre sous le portrait, il leva la main :

— Garçons, hip, hip, hip...
— Hurrah !

Frédéric mit dans son cri un tel enthousiasme que sa voix se brisa, les larmes lui montèrent aux yeux.

— Assis ! ordonna le chef de district ; et, tandis

1. Appellation familière d'un membre de la Jeunesse hitlérienne.

que nous nous jetions bruyamment sur les bancs, il nous apprit que devait prendre part à la réunion de ce jour Gelko, un envoyé particulier de la section. Celui-ci avait à nous parler d'une chose importante.

A ce moment seulement je remarquai le bossu qui l'accompagnait. Il était si petit qu'il se confondait avec les garçons ; vêtu de brun de la tête aux pieds, il avait même des bottes brunes ; la visière de sa casquette, brune elle aussi, masquait son visage. Le nabot s'avança, mais il lui était difficile d'embrasser toute la pièce du regard. Pour finir, le chef de troupe apporta une caisse d'oranges vide, le bossu l'escalada et commença son discours, d'une voix désagréablement perçante :

— Jeunesse hitlérienne : je suis chargé de vous parler des Juifs : vous en connaissez tous ; mais vous savez peu de chose sur eux, il en sera autrement dans une heure, vous connaîtrez le danger qu'ils représentent pour nous et pour notre peuple.

Frédéric était assis un peu penché en avant, sur le banc à côté de moi, son regard était suspendu à l'orateur, la bouche entrouverte, il buvait chaque mot. Le bossu parut le sentir, on eût dit que son discours ne s'adressait qu'à Frédéric. Mais ses paroles s'imprimaient en nous tous, il s'entendait à faire vivre ce qu'il dépeignait.

— ... Armé d'un grand couteau long comme mon bras, le prêtre juif s'approche de la vache, il lève lentement le couteau du sacrifice, l'animal se sent menacé de mort, il meugle, cherche à se dégager, mais le Juif ne connaît pas de pitié. Avec la rapidité de l'éclair il lui plonge le couteau dans le cou, le sang jaillit, tout est souillé, la bête se démène furieusement, ses yeux sont révulsés d'angoisse... Le Juif impitoyable n'abrège pas les souffrances de l'animal sanglant, il s'en repaît, il lui faut du sang, il est là, il regarde l'animal peu à peu exsangue périr misérablement... Voilà ce qu'on appelle un sacrifice... ainsi le veut le Dieu des Juifs.

Frédéric se penchait tant que je craignais de le voir tomber du banc. Livide, il respirait avec difficulté, les mains crispées sur les genoux.

Le bossu parla d'enfants chrétiens égorgés, de crimes perpétrés par les Juifs, de guerres ! Je frissonnais en l'écoutant. L'orateur termina ainsi :

— Je veux vous mettre dans le crâne une phrase, une seule et unique phrase que je répéterai sans fin, à satiété : « Notre malheur, ce sont les Juifs », et encore : « Notre malheur, ce sont les Juifs »,

et toujours : « Notre malheur, ce sont les Juifs. »

Épuisé, en sueur, l'avorton se tut, debout sur sa caisse d'oranges.

Le silence régnait, puis le bossu pointa le doigt en direction de Frédéric :

— Répétez la phrase !

Comme Frédéric ne bougeait pas, il se fit plus impérieux :

— Répétez la phrase !

Penché en avant, Frédéric resta figé à mes côtés.

— Répétez la phrase !

La voix de l'orateur lui manqua, il sauta de la caisse et vint, le doigt tendu, vers Frédéric, qui avalait sa salive. Le bossu était juste devant lui, les yeux comme fous ; il saisit Frédéric par son foulard, fit remonter tout doucement l'anneau de cuir et dit d'une voix sifflante :

– – Répétez la phrase...

Frédéric murmura :

— Notre malheur, ce sont les Juifs.

Le bossu arracha d'une secousse Frédéric à son banc :

— Lève-toi quand je te parle, lui cria-t-il en plein visage, et fais-moi le plaisir de répondre à haute voix.

Frédéric se dressa ; il était toujours livide, mais il dit d'une voix nette :

— *Votre* malheur, ce sont les Juifs.

Le silence était total. Puis, d'un seul coup, Frédéric tourna les talons, tellement vite que l'anneau de cuir resta dans la main du bossu. Personne ne l'empêcha de quitter le local. Moi, j'étais resté assis.

Chapitre 8

La balle
1933

Nous courions tous les deux dans la rue. Frédéric s'arrêta essoufflé et s'appuya contre un mur ; moi, je sortis de ma poche cette petite balle de caoutchouc qu'on m'avait donnée comme prime dans un magasin de chaussures, et je la lui lançai. Elle rebondit au milieu de la chaussée, il l'attrapa et me la renvoya.

— Il va falloir que je rentre, me cria-t-il. Papa va bientôt arriver. Et nous devons aller ensemble faire des achats. Peut-être qu'on va me donner, à moi aussi, une balle comme la tienne ! ·

J'approuvai en sautant à pieds joints au-dessus d'une plaque d'égout et, comme quelqu'un approchait, j'interrompis le jeu un instant. Dès que le passant se fut éloigné, je renvoyai la balle à Frédéric. Mon geste le surprit et il manqua la balle. Il y eut un bruit clair, un bruit de verre cassé, et la balle me revint, roulant innocemment sur la chaussée.

Bouche bée, Frédéric contemplait les débris de la vitrine, je me penchai pour ramasser la balle sans bien réaliser encore ce qui s'était passé. Mais une femme avait surgi devant nous, elle s'en prit à Frédéric et se mit à vociférer en le secouant par le bras. A ses cris, les portes et les fenêtres s'ouvrirent tout autour de nous et très vite les curieux se rassemblèrent.

— Petits brigands ! Vauriens !

Devant la porte de la boutique, un homme fumait sa pipe avec indifférence, les mains dans les poches ; c'était le mari de la commerçante.

— Ce lourdaud de Juif, disait la femme à qui voulait l'entendre, casse ma vitrine pour voler mes marchandises ! Puis, se tournant vers Frédéric : Mais tu as manqué ton coup cette fois encore ; je t'ai à l'œil. Je te connais bien, tu ne m'échapperas pas. Vous autres, canailles de Juifs, on devrait tous vous exterminer. Ça vous met par terre une affaire avec leurs grands magasins, et ça vient, en plus, vous voler. Attendez un peu, Hitler va vous faire voir !

Elle secouait Frédéric de toutes ses forces.

— Mais ce n'est pas lui, criai-je, c'est moi qui ai lancé la balle ; j'ai cassé la glace, mais nous n'avions pas l'intention de vous voler.

La commerçante sembla interloquée ; son mari, lui, balayait calmement les débris de verre dans la rue, et il retirait de la devanture les bobines, petites et grosses, les cartes de fil blanc ou noir, en forme d'étoile, les écheveaux multicolores de coton à broder ; il les porta à l'intérieur de la boutique.

Les yeux de la mercière se rétrécirent soudain. Son visage était livide.

— De quoi te mêles-tu ? Que viens-tu faire ici ? Déguerpis. Tu te figures peut-être que tu dois prendre ce sale Juif sous ta protection parce que vous habitez dans la même maison ? Disparais !

Elle était blême de rage.

— Mais c'est moi qui ai envoyé la balle contre votre vitrine, ce n'est pas lui !

La mercière me menaça du poing, sans pour autant lâcher Frédéric. Frédéric pleurait et s'essuyait les joues avec la manche de son bras libre en se barbouillant toute la figure. Intimidé, je me tus.

Quelqu'un avait appelé la police. Un policier arrivait sur sa bicyclette, suant, hors d'haleine. Il se fit tout raconter par la femme, qui parla à nouveau d'une tentative de vol.

Je tirai le policier par la manche.

— Monsieur l'agent, ce n'est pas lui, c'est moi qui ai cassé la vitrine avec ma balle.

La femme me jeta un regard terrible et se mit à hurler :

— Ne le croyez pas, monsieur l'agent ; il veut absolument protéger ce vaurien ; ne le croyez pas, il s'imagine que le Juif est son ami parce qu'ils habitent la même maison.

Le policier se pencha vers moi :

— Tu es trop petit pour comprendre, tu crois lui rendre service en prenant son parti. Ne sais-tu pas qu'il est Juif? Nous autres, grandes personnes, nous savons par expérience ce que valent les Juifs; impossible de leur faire confiance, ils sont faux et sournois ; et cette femme a bien vu ce qu'a fait ce petit Juif...

— Mais elle ne l'a pas vu ; il n'y avait que nous dans la rue et c'est moi qui ai cassé la vitre.

Le policier fronça les sourcils :

— Ainsi tu veux faire passer cette femme pour une menteuse !

Je voulais parler encore mais le policier m'en empêcha, saisit à son tour le poignet de Frédéric et le traîna vers notre maison, accompagné de la femme et d'une longue suite de badauds. Je m'étais joint à eux. A mi-chemin nous rencontrâmes M. Schneider ; Frédéric l'appela en sanglotant :

— Papa ! Papa !

M. Schneider regardait avec étonnement ce bizarre cortège. Il s'approcha, salua et jeta un regard stupéfait sur les uns et les autres.

— C'est votre fils ? demanda le policier.

Mais la femme ne le laissa pas poursuivre ; dans un flot de paroles elle répéta son récit, laissant pourtant de côté, cette fois, l'allusion aux Juifs.

M. Schneider écouta patiemment ; lorsqu'elle s'arrêta, il prit Frédéric par le menton, lui releva la tête pour le regarder dans les yeux et demanda avec gravité :

— Frédéric, as-tu fait exprès de briser la vitrine ?

Frédéric secoua la tête en sanglotant, et moi je me mis à crier :

— C'est moi, monsieur Schneider, qui ai lancé ma balle, mais je ne l'ai pas fait exprès.

Et je lui montrai ma petite balle de caoutchouc mousse. Frédéric m'approuva de la tête. M. Schneider parut réfléchir un instant, puis dit à la femme :

— Si vous pouvez répéter sous la foi du serment ce que vous venez de raconter, assignez-moi en justice. Vous savez qui je suis et vous connaissez mon adresse.

La commerçante resta bouche bée. M. Schneider sortit son portefeuille et dit d'un ton sec :

— A présent, monsieur l'agent, je vous prie de relâcher mon fils ; je vais rembourser les dégâts sans plus attendre.

Chapitre 9

Dans l'escalier
1933

M. Schneider et Frédéric descendaient l'escalier. Haletant, hors d'haleine, M. Resch était en train de monter en s'aidant de la rampe ; il s'arrêta pour souffler sur le palier, devant notre porte. C'est là qu'ils se rencontrèrent. M. Schneider salua et voulut continuer à descendre ; mais M. Resch ne lui rendit point son salut et lui barra le passage. Il respirait bruyamment et son visage se colorait ; enfin, il reprit son souffle :

— Je montais justement chez vous.

M. Schneider s'inclina légèrement, sortit ses clefs de sa poche et proposa au propriétaire de se rendre dans son appartement, ils y seraient mieux que dans l'escalier pour parler. D'un geste de la

main il invitait M. Resch à passer le premier. Mais celui-ci, repoussant l'offre qu'on lui faisait, déclara ne plus vouloir mettre les pieds chez M. Schneider ; il était très heureux de l'avoir rencontré ici, et la question pouvait fort bien se traiter ici sur place.

M. Schneider toussota pour s'éclaircir la voix, il réitéra son léger salut et dit :

— Mais comme vous voudrez, monsieur Resch, si vous le préférez ainsi...

M. Resch prit son temps, alla jusqu'à notre porte et pressa le bouton de la sonnette. Papa ouvrit, j'étais derrière lui risquant un œil sur le palier. M. Resch invita Papa à écouter ce qu'il avait à dire ; il lui demandait de lui servir de témoin.

Papa resta muet sur le seuil ; ses regards surpris allaient de M. Resch à M. Schneider qui le regarda en haussant les épaules. Frédéric, un peu anxieux, s'agrippait à la rampe.

M. Resch gonfla la poitrine, toussota, regonfla sa poitrine et parut exploser :

— Je vous signifie votre congé pour le 1er du mois prochain.

Le silence tomba. On n'entendait plus que la respiration courte et agitée de M. Resch dont les yeux étaient fixés au sol ; le regard de Papa et celui de M. Schneider se rencontrèrent. Frédéric contemplait le bouton de la minuterie ; quant à moi, je n'y comprenais rien...

— Pardon ? reprit enfin M. Schneider.

— Vous partez d'ici le 1er !

— Vous ne parlez pas sérieusement, monsieur Resch ? dit M. Schneider en souriant.

Enfin Papa s'en mêla aussi :

— Cela ne peut pas se faire, monsieur Resch,

M. Schneider jouit des droits habituels des locataires.

Le gros propriétaire lui lança un regard torve et répliqua aussitôt :

— Je ne vous ai· pas appelé pour prendre le parti de ce monsièur ; vous aviez à remplir le rôle d'un témoin, rien de plus.

Papa repartit :

— Vous ne m'empêcherez pas de parler, monsieur Resch, et vous devrez renoncer à me voir assumer le rôle de témoin.

Sur ces mots il me repoussa à l'intérieur et claqua la porte. Mais nous restâmes derrière la porte, prêtant l'oreille à la suite de la discussion.

M. Schneider, toujours maître de soi, voulut encore parler :

— Vous ne pouvez vraiment pas, monsieur Resch, me donner congé de manière aussi imprévue.

— Mais certainement, je le peux, repartit M. Resch avec une petite toux.

— Et puis-je savoir pour quelle raison vous me donnez congé ?

— Parce que vous êtes Juif, cria-t-il si fort que toute la maison en fut ébranlée.

Là-dessus il se retourna et nous l'entendîmes descendre l'escalier bruyamment.

Chapitre 10

M. Schneider
1933

Nous étions assis sur le bord du trottoir, devant la maison. Frédéric m'expliquait un devoir de calcul; en classe, j'avais été distrait et je l'étais encore avec lui : du bout du pied, je jouais avec une pierre sur le pavé. Frédéric calculait avec tant d'ardeur qu'il ne remarquait pas mon peu d'attention. Il sursauta quand la pierre partit avec un bruit de cascade au milieu de la chaussée; il leva les yeux du cahier.

— Oh! pardon! fis-je. Mais Frédéric se soucia bien peu de mes excuses. Il avait mis sa main en visière devant ses yeux et son regard allait dans la direction qu'avait suivie la pierre.

Je cherchai à distinguer ce qui l'hypnotisait

ainsi. Il n'y avait rien en vue, la rue était vide. Non : tout au bout, on apercevait un homme seul qui approchait lentement.

— N'est-ce pas mon père ? dit Frédéric tout bas.

— Mais non, ton père marche plus vite, et d'ailleurs il est encore trop tôt ; il ne peut pas rentrer à cette heure-là !

Frédéric, silencieux, suivait du regard tous les mouvements de l'homme qui tenait une serviette à la main ; il avançait, la tête inclinée sur la poitrine, le visage caché par son chapeau ; il traînait les pieds d'un air las, semblant parfois hésiter à poursuivre son chemin. Tout à coup, il s'accrocha à la grille d'un jardin qu'il longeait et trébucha.

— C'est un ivrogne, dis-je...

— Mais c'est mon père ! cria Frédéric. Il bondit au-devant de la silhouette étrange.

Moi, je restais assis, car j'étais persuadé que Frédéric se trompait. Il courait au milieu de la rue. Il eut un sursaut en abordant l'inconnu qui ne lui accorda pas même un regard. Frédéric l'avait pris par la main et le tirait en remorque. Comme il s'approchait de moi, je reconnus M. Schneider.

Frédéric tirait son père par la manche, le long du trottoir. Ils passèrent à ma hauteur, mais ne semblèrent pas me voir ; ils entrèrent dans le jardin. Jamais M. Schneider n'aurait omis de saluer quelqu'un dans la rue ; cette fois, il marchait la tête basse sans faire attention à personne. Quand il passa devant moi, je vis que des larmes coulaient sur son visage. M. Schneider pleurait. Ses larmes tombaient sur les revers de sa veste. Il pleurait tout bas, mais cela s'entendait quand même...

M. Schneider pleurait ! Jamais encore je n'avais vu un homme pleurer. Ils disparurent dans la maison. J'étais toujours debout au bord de la chaussée, et je ne rentrai à l'appartement que lorsque je fus certain qu'ils étaient déjà chez eux. Je racontai à Maman que j'avais vu M. Schneider pleurer.

— Attendons, ne bougeons pas, me dit Maman. M. Schneider doit avoir eu un gros ennui. Il ne faut pas les gêner.

Je m'assis près d'elle dans la cuisine. J'avais pris un livre et j'essayais de lire. Mais en réalité je ne pensais qu'à M. Schneider.

Ce soir-là Mme Schneider vint chez nous. Elle était pâle, ses cheveux étaient en désordre, son visage était triste à voir.

Maman travaillait près du feu. Elle demanda à mi-voix :

— Que se passe-t-il, madame Schneider ? Votre mari a-t-il eu des ennuis ?

Mme Schneider secoua la tête sans répondre et elle s'effondra sur une chaise. Elle enfouit son visage dans ses mains et pleura, pleura tout haut comme jamais je n'avais vu pleurer quelqu'un. Les sanglots la secouaient tout entière et cela durait, durait... Elle balbutiait quelques mots au milieu de ses larmes et je crus comprendre : « J'ai peur, j'ai tellement peur... »

Maman s'était redressée, effrayée, lorsque Mme Schneider, dans son désespoir, s'accouda sur la table de la cuisine, se cachant la tête dans ses deux bras croisés pour mieux pleurer. Sans rien dire, Maman se dirigea vers le placard, elle en retira la boîte de café qu'elle gardait pour les grandes occasions ; elle ébouillanta la petite cafetière des dimanches et y mit six bonnes cuillerées de grains moulus. Mme Schneider sanglotait moins fort maintenant, mais ses larmes commençaient à former des petites flaques sur la toile cirée. Pendant que le café passait, Maman apporta la bouteille de schnaps que mon père réservait en prévision des maladies graves. Elle déboucha la bouteille, servit le café et y versa une bonne lampée d'eau-de-vie. Mme Schneider ne se rendait compte de rien. Ses sanglots étouffés faisaient trembler la table. Elle continuait à dire des choses que nous ne comprenions pas. Maman

prit une chaise, s'assit à côté de Mme Schneider ;
doucement, elle lui releva la tête, lui essuya le
visage et lui fit boire comme à un enfant, gorgée
par gorgée, le café brûlant. Mme Schneider
s'apaisa lentement et se ressaisit enfin. Elle se
tamponna les yeux avec le mouchoir que lui tendait Maman.

— Pardonnez-moi, murmura-t-elle, je n'en
peux plus.

Maman secoua la tête et caressa doucement les
cheveux de la malheureuse.

— Dites quelque chose, n'importe quoi. Parler, cela soulage.

Mme Schneider approuva de la tête. Ses yeux

semblaient déborder de larmes qu'elle n'arrivait pas à retenir. C'est à voix basse qu'elle dit entre deux sanglots :

— Mon mari est congédié.

Ma mère ne parut pas comprendre.

— Mais il est bien fonctionnaire ?

Mme Schneider ne répondit point.

— Je croyais que les fonctionnaires ne pouvaient jamais être congédiés ? insista Maman.

Mme Schneider resta sans voix.

— ... A-t-il fait... je ne sais pas... quelque chose ?

Mme Schneider protesta d'un geste et se remit à pleurer.

— On l'a obligé à prendre sa retraite, dit-elle enfin... A trente-deux ans !

— Mais pourquoi donc ?

Mme Schneider releva la tête. Elle fixa sur Maman deux yeux rougis de larmes sans rien dire. Puis elle articula lentement :

— Ne sommes-nous pas des Juifs ?...

Chapitre 11

Au tribunal
1933

Le président saisit un nouveau dossier et cria dans la salle d'audience : « Resch contre Schneider » ; puis il se plongea dans les papiers qu'il avait devant lui. Un avocat, en grande robe, s'écarta de la barre et invita du regard M. Resch à passer au banc des plaideurs. M. Schneider vint de lui-même se mettre du côté du juge et attendit. Il paraissait calme, mais ses mains qui tremblaient légèrement trahissaient son émotion. En face de lui prit place l'avocat de M. Resch. Le président, un homme majestueux, dit tout bas au greffier ce qu'il devait écrire ; quand ce fut fait, il se tourna vers l'avocat.

— Maître, je ne vois pas très bien l'objet de la plainte déposée dans cette affaire. Vous demandez la libération de l'appartement habité par le prévenu, en raison d'une offense faite au plaignant ; mais vous n'indiquez pas en quoi a consisté, ou en quoi consiste cette offense.

L'avocat s'inclina devant le juge, retint d'une main ferme le rabat de sa robe, rejeta le buste en arrière d'un air qu'il voulait éloquent, et commença son discours :

-- Monsieur le Président, il s'agit là d'un cas qui sort de l'ordinaire. Mais la situation juridique est sans équivoque. Le plaignant revendique un droit qui est un droit normal pour tous les Allemands à notre époque. Nous, c'est-à-dire le plaignant et moi-même, ici présent pour défendre sa cause, nous, dis-je, avons conscience de fouler une terre vierge du droit. Mais déjà dans le droit romain...

Le président toussa légèrement, ce qui stoppa l'avocat au beau milieu de son élan oratoire !

— Un instant, je vous prie, Maître. D'après le code de procédure civile nous sommes tenus de régler le litige aussi rapidement que possible. Si vous remontez jusqu'au droit romain, j'ai bien peur qu'il ne nous faille plusieurs jours de délibération. C'est pourquoi je vous serais reconnaissant d'exposer l'essentiel de cette affaire avec le minimum de mots.

En apparence convaincu de son erreur, l'avocat baissa un instant la tête, le menton sur la poitrine ; puis il reprit sa pose avantageuse, le buste en arrière, maintint sa robe et continua.

De ma place je regardais de tous mes yeux ; je n'avais encore jamais assisté à une audience. Maman, qui venait aussi pour la première fois dans la salle du tribunal, tenait ma main serrée dans la sienne. M. Schneider nous avait demandé de venir « à tout hasard ». A côté de nous, Mme Schneider était recroquevillée sur sa chaise ; elle était secouée par des spasmes nerveux. Serré contre elle, Frédéric, les yeux agrandis de peur, regardait tour à tour son père, le président et l'avocat.

— Mon client, le plaignant, expliquait l'avocat, est, depuis un an, membre du Parti national-socialiste des travailleurs allemands, le Parti de notre très vénéré Chancelier, Adolf Hitler.

En disant ces mots, il se mit au garde-à-vous et claqua les talons. Puis il reprit sa pose première :

— Le plaignant est profondément convaincu de la qualité de pensée exceptionnelle de ce Parti et de l'exactitude de sa doctrine...

L'avocat recula d'un pas, et, lâchant sa robe, il

leva un index prophétique vers le plafond de la salle d'audience; son doigt frétillait en l'air comme la queue d'un chien...

— Or, monsieur le Président, la mise à l'écart des Juifs représente un chapitre essentiel de la pensée national-socialiste.

L'avocat mit un pied en avant, tel un duelliste, pointa le doigt en direction de M. Schneider et, élevant la voix :

— Monsieur le Président, le prévenu est juif...

Puis il se tut. Le président lança un regard surpris à l'avocat, puis à M. Schneider, enfin aux assistants. Après cette pause voulue, l'avocat reprit son discours ; sa voix résonnait dans la salle d'audience comme une adjuration pathétique ; on eût dit qu'elle allait se briser d'émotion.

— Peut-on croire un seul instant mon client capable de garder comme locataire dans sa maison un homme que, selon les principes de son Parti, il est tenu de considérer comme un malheur national, un danger sans cesse menaçant ? Mon client ressent la présence d'un Juif dans sa maison comme une atteinte permanente à la Loi qui protège les locataires. C'est pourquoi nous demandons que l'accusé...

Main levée, le président rectifia :

— Le prévenu, je vous prie, Maître, le prévenu.

L'avocat eut une mimique de confusion.

— Bien entendu, monsieur le Président, le prévenu. Je vous demande pardon.

Il reprit sa respiration et claironna de plus belle :

— Donc nous demandons que le prévenu soit condamné à libérer les lieux dont il a la jouissance et à prendre à sa charge les frais de ce procès.

Le président fit un signe au greffier, puis il s'adressa à M. Schneider.

— Qu'avez-vous à répondre ?

Mme Schneider s'agitait, mal à l'aise, sur son siège ; Frédéric était debout, comme pétrifié, à côté d'elle. Derrière nous, quelques assistants chuchotèrent et Maman serra ma main un peu plus fort. M. Schneider répondit d'une voix ferme :

— Je demande le renvoi de la plainte. Le plaignant a toujours su que j'étais juif et, jusqu'à maintenant, il n'y avait jamais vu d'inconvénient.

Le président se pencha légèrement en avant :

— Depuis combien de temps habitez-vous la maison du plaignant ?

— Environ dix ans.

Le président s'enquit auprès de l'avocat :

— Ce qu'avance le prévenu est-il exact ?

L'avocat demanda confirmation du regard à M. Resch. Il y eut alors un remue-ménage : M. Resch venait de quitter son banc et s'avançait lentement, le souffle court, comme un animal qui va charger. Il se présenta au président :

— Hans Resch, je suis le plaignant.

Le greffier consigna le nom et le président demanda :

— Qu'avez-vous à dire au sujet de cette affaire ?

Mains croisées sur la poitrine, M. Resch prit sa respiration et commença :

— Monsieur le Président, je suis un national-socialiste convaincu. J'aimerais contribuer personnellement à la réalisation du monde tel que le voit le Parti national-socialiste. Or le Juif Schneider m'en empêche. Sa présence dans mon immeuble écarte de moi, non seulement mes amis du Parti, mais aussi mes relations d'affaires. Monsieur le Président, ce Juif, en tant que représentant du monde juif, va ruiner mes affaires. Tout lecteur du « Stürmer » sait à quoi s'en tenir sur les ravages dévastateurs dont la vie économique de notre pays est redevable aux Juifs...

Le président coupa la parole à M. Resch.

— Un instant, je vous prie. Je ne vous ai pas demandé de discours politiques, mais votre avis sur cette affaire. Vous n'avez pas répondu à ma question : Est-il exact que le prévenu habite dans votre maison depuis dix ans et que vous avez toujours su qu'il était juif ?

M. Resch se rapprocha de l'estrade du président.

— Oui ; mais il y a dix ans, ce n'était pas la même chose. Les temps ont changé ; et maintenant je ne peux pas tolérer un Juif dans ma maison.

Le président fit un signe de dénégation :

— Depuis que vous êtes membre du Parti national-socialiste, vous ne pouvez tolérer aucun Juif dans votre maison. Pouvez-vous m'assurer que vous n'allez pas vous inscrire prochainement à un parti qui se prononcera contre les catholiques, ou contre les végétariens ? Si j'accède aujourd'hui à votre demande, je vous reverrai l'année prochaine, ou dans deux ans, me demandant alors de me prononcer contre un autre locataire, parce qu'il sera catholique ou parce qu'il ne mangera pas de viande ?

M. Resch secoua la tête en protestant :

— Mais c'est tout à fait différent !

Son avocat le saisit alors par la manche et, le tirant en arrière, lui parla tout bas. M. Resch gesticulait, l'avocat s'efforçait de le calmer. Le président regardait au-dehors... Mme Schneider s'épongeait le front avec son mouchoir, Frédéric lui caressait le bras. Enfin M. Resch quitta la salle d'audience sans un mot. Son avocat s'avança pour déclarer que son client le chargeait de retirer sa plainte et qu'il acquitterait les frais.

Le président ferma le dossier d'un coup sec. Il en prit un autre sur la pile devant lui, quand soudain Frédéric éclata en sanglots. Sa Maman lui mit la main devant la bouche pour le faire taire. M. Schneider, qui venait de s'incliner devant le président, se retourna. Tout le monde avait les yeux fixés sur nous. Le président souleva ses lunettes, jeta un regard inquisiteur sur notre groupe et demanda :

— Qui est-ce ?

— C'est mon fils, répondit M. Schneider.

— Viens ici, mon petit, dit le président. Et M. Schneider conduisit jusqu'à lui Frédéric qui pleurait toujours.

— Pourquoi pleures-tu ? lui demanda le juge d'une voix réconfortante. Tu n'as pas de souci à te faire. Il ne vous arrivera rien de mal. Je suis là pour maintenir la justice.

Frédéric répondit en s'essuyant les yeux :

— Oui !... Vous !...

Chapitre 12

Dans les grands magasins
1933

Vêtu d'un costume neuf encore plus beau que ne l'était mon costume du dimanche, Frédéric virevoltait devant moi, comme une danseuse, pour se faire admirer ; mais quand je lui demandai qui lui avait donné ce costume, il se contenta de rire et, me prenant par la main, m'entraîna dehors.

— Où m'emmènes-tu ?

— Viens, je vais te montrer quelque chose qui va t'étonner.

Je le suivis avec curiosité ; après avoir traversé le boulevard extérieur, nous suivîmes une ruelle étroite, qui serpentait, pour parvenir à la place du

Marché. Frédéric me précédait, marchant vite, sans me laisser le temps de regarder les devantures. Du côté des Allées couvertes nous quittâmes la place en tournant dans la Grande-Rue. Frédéric salua le planton du commissariat : « Heil Hitler. » L'homme, au garde-à-vous, rendit le salut. Ensuite nous pénétrâmes dans les Magasins « Herschel Meyer » par l'entrée principale. Un portier, très impressionnant, en manteau à épaulettes d'argent et casquette bleue, ouvrit toute grande la porte et s'inclina très bas devant nous. Au rez-de-chaussée, les miroirs qui recouvraient les murs multipliaient les lumières d'un énorme lustre de cristal. A notre passage les vendeuses, sur le qui-vive, se levèrent derrière leur comptoir. Sans dévier de sa route, sûr de son but, Frédéric marchait vers l'escalier roulant ; il sauta d'un bond sur la première marche et me fit signe de le suivre. J'y posai les pieds avec un peu plus de prudence ; lorsque je fus un peu rassuré, je grimpai à sa suite, mais je ne l'avais pas rejoint qu'il s'engageait déjà sur le deuxième escalier. Il m'attendit sous le panneau indiquant le second étage, celui des jouets. Me prenant par la main, il me conduisit à un endroit d'où je pouvais voir tout le rayon.

— Que vois-tu ? me demanda-t-il fièrement.

Je jetai les yeux autour de moi ; je vis des monceaux de jouets, des cubes, des chevaux à bascule, des tambours, des poupées, des patins à roulettes et des bicyclettes, et, au milieu de toutes ces splendeurs, les vendeuses. Quelques clients circulaient entre les étalages ou se faisaient servir. Un monsieur, en jaquette noire et pantalon rayé, passait de-ci, de-là, donnant quelque indication à une vendeuse ou rectifiant la position d'un jouet.

Je répondis à Frédéric :

— Rien, je ne sais pas.

Frédéric, me prenant par l'épaule, me fit passer devant les voitures de poupées, les cerceaux et les navires métalliques et me conduisit juste derrière le monsieur en jaquette noire. Ce monsieur me rappelait bien quelqu'un, mais je ne savais qui. Brusquement Frédéric toussa de manière indiscrète, le monsieur se retourna sans hâte, c'était M. Schneider. En riant il saisit Frédéric, le souleva par les coudes, l'embrassa, puis il me dit bonjour.

— Alors que préfères-tu, le fonctionnaire des Postes ou le chef de rayon ?

J'hésitais :

— Vous êtes tellement bien habillé, comme cela !

— En tout cas, je me préfère ainsi, déclara-t-il

en se frottant les mains et en se regardant dans une glace. Puis il nous saisit par le cou, et l'un à sa gauche, l'autre à sa droite, il nous guida entre les étalages vers un gigantesque plateau sur lequel on avait installé un train électrique. Les voies couraient par monts et par vaux, plusieurs trains pouvaient circuler en même temps et faire halte l'un après l'autre à une gare en miniature. M. Schneider nous montra le fonctionnement des commandes et nous laissa ensuite jouer seuls ; mais il restait là pour nous surveiller. Frédéric opérait sur les trains de marchandises, je me chargeai du Rapide et de l'Express. Pour un peu il y aurait eu un tamponnement si M. Schneider ne l'avait empêché. Il me demanda tout d'un coup, alors que j'accrochais un wagon :

— Que devient la Jeunesse hitlérienne ?

Et comme je regardais Frédéric, il ajouta :

— Frédéric m'a tout raconté.

Je répondis :

— J'aime ça, nous ferons bientôt une vraie sortie et j'en serai peut-être. Je fais déjà des économies. Ce sera formidable, nous dormirons sous la tente et nous ferons nous-mêmes notre cuisine. C'est dommage que Frédéric ne puisse pas venir avec nous.

M. Schneider regardait dans le vague, ses yeux

94

fixaient quelque chose au loin, il pencha imperceptiblement la tête et murmura :

— Dommage, mais cela vaut sans doute mieux.

Nous continuâmes à jouer en silence. Soudain M. Schneider me demanda :

— Et ton père, que pense-t-il de la Jeunesse hitlérienne ?

— Papa est heureux que je m'y plaise. Il veille à ce que j'y aille régulièrement et bien à l'heure, surtout depuis qu'il est inscrit au Parti.

M. Schneider me regarda avec étonnement :

— Ton père est inscrit lui aussi au Parti ?

Je fis oui de la tête :

— Il pense que cela peut nous servir.

M. Schneider poussa un soupir et se détourna. Peu après il appela :

— Mademoiselle Ewert ? Par ici, je vous prie.

Une jeune vendeuse accourut :

— Ces deux jeunes gens, ces deux clients, aimeraient voir notre exposition de jouets. Veuillez avoir l'obligeance de leur montrer tout ce qu'ils désirent, et donnez-leur les explications nécessaires ; chacun d'eux pourra ensuite choisir et emporter des jouets pour une valeur de un mark, mais pas plus, n'est-ce pas ? Je paierai la note. Conduisez-les, je vous prie, mademoiselle Ewert.

Mlle Ewert approuva en souriant. M. Schneider nous tendit la main :

— Au revoir, petits, amusez-vous bien.

Il s'en alla à pas lents. Derrière un étalage, il se
retourna pour nous faire encore un signe de la
main, mais maintenant il ne souriait plus.

Chapitre 13

Le maître d'école
1934

La cloche sonnait. Au dernier tintement, notre maître, M. Neudorf, ferma son livre d'un coup sec et se leva. L'air pensif, il s'approcha lentement vers nous et s'éclaircit la voix pour dire :

— La classe est terminée, mais je vous demande encore un moment ; je voudrais vous parler de quelque chose. Toutefois ceux qui n'ont pas envie de rester peuvent s'en aller.

Nous nous jetions des regards intrigués. M. Neudorf s'approcha de la fenêtre, il nous tournait le dos. De la poche de sa veste il sortit sa pipe et commença à la bourrer tout en contemplant les arbres de la cour. Après avoir rangé nos affaires bruyamment, nous posâmes nos cartables prêts sur les tables, mais personne ne s'en alla. Ceux qui avaient fini attendaient. Notre maître alluma sa pipe selon toutes les règles de l'art, lança en connaisseur quelques petites bouffées qui vinrent s'écraser contre les vitres et enfin se retourna. Embrassant les rangs du regard, il nous adressa un sourire approbateur lorsqu'il vit que toutes les places étaient encore occupées. Tous les yeux étaient tournés vers lui, nous étions silencieux. Du couloir nous parvenait le vacarme des autres classes qui envahissaient les escaliers et se répandaient dans la cour. M. Neudorf alla au premier rang et s'assit sur un des pupitres, sa pipe rougeoyante à la main. Tout en aspirant des bouffées, il nous regardait l'un après l'autre, il renvoyait la fumée par-dessus nos têtes vers la fenêtre. Enfin il se décida à parler, sans hâte, sans éclats :

— On vous a, ces derniers temps, beaucoup parlé des Juifs, n'est-ce pas ? J'ai, moi aussi, mes raisons pour vous en parler aujourd'hui.

Nous étions penchés en avant pour mieux entendre. Quelques-uns posaient le menton sur leur cartable ; on aurait entendu une mouche voler.

Le maître expédia au plafond un nuage bleu de fumée odorante et reprit après une courte pause :

— Il y a deux mille ans, tous les Juifs vivaient dans le pays qui se nomme de nos jours la Pales-

tine ; les Juifs l'appellent Israël. Les Romains y régnaient par l'intermédiaire de leurs gouverneurs et de leurs préfets, mais les Juifs ne voulaient pas s'incliner devant cette domination étrangère et ils se révoltèrent. Les Romains écrasèrent la révolte et détruisirent le temple de Jérusalem, en l'an 70 après Jésus-Christ. Ils exilèrent les révoltés en Espagne ou au bord du Rhin. Après une génération, les Juifs tentèrent un nouveau soulèvement. Cette fois les Romains ne laissèrent pas pierre sur pierre de Jérusalem. Les Juifs furent obligés de fuir ou furent chassés ; ils se répandirent alors sur toute la terre. Beaucoup d'entre eux devinrent riches et considérés. Puis ce furent les Croisades. Les Infidèles avaient conquis la Terre sainte et refusaient aux Chrétiens l'accès aux Lieux saints. Des prédicateurs pleins de fougue réclamèrent la libération du Saint Sépulcre. Des foules enflammées se rassemblèrent pour les Croisades, mais quelques-uns déclarèrent : « Que nous sert de marcher contre les Infidèles en Terre sainte tant que des Infidèles vivent parmi nous ? » Et c'est ainsi que commença la persécution des Juifs. Un peu partout, on les rassembla pour les égorger et les brûler. Sous la contrainte, on les traînait au baptême ; ceux qui le refusaient subissaient la torture. Les Juifs se suicidèrent par centaines pour échapper au massacre; tous ceux qui pouvaient fuir fuyaient. Mais quand la persécution eut cessé, des princes appauvris firent mettre en prison et exécuter sans jugement leurs sujets juifs, pour s'approprier leurs biens. Beaucoup de Juifs prirent encore la fuite, cette fois vers l'est. Ils trouvèrent un nouveau refuge en Pologne ou en Russie; mais au siècle suivant ce fut là qu'une nouvelle persécution se déclencha contre eux. Les Juifs durent habiter ce qu'on appelle les ghettos, les quartiers juifs. Ils ne pouvaient embrasser aucune profession dite «respectable», ils ne pouvaient pas devenir artisans, posséder un terrain leur était interdit, ils ne pouvaient tourner leur activité que vers le commerce et le prêt sur gage.

M. Neudorf posa sa pipe éteinte dans la rainure du bureau destinée aux porte-plume et aux crayons. Il quitta le pupitre sans parler et se mit à circuler, d'un air soucieux, dans la classe. Avant de poursuivre, il essuya ses lunettes.

— L'Ancien Testament des Chrétiens est aussi le Livre saint des Juifs. Les Juifs le nomment Thora, ce qui veut dire «doctrine». Ce que Dieu a ordonné à Moïse est consigné dans la Thora. Les Juifs ont beaucoup médité sur la Thora et ses commandements, et dans un autre ouvrage important, le Talmud — ce qui veut dire «l'étude» —, ils ont établi comment on devait interpréter les lois de la Thora. Les Juifs croyants observent, de nos jours encore, les règles de la Thora, et ce n'est pas simple ! Ils s'interdisent, par exemple, d'allumer du feu le jour du sabbat ou de manger la chair d'animaux impurs tels que le porc. Le destin des Juifs leur est en quelque sorte prédit dans la Thora : s'ils transgressent les commandements divins ils seront persécutés et devront fuir jusqu'à ce que le Messie les ramène dans la Terre promise, et institue son règne parmi eux. Parce qu'ils n'ont pas cru que Jésus était vraiment le Messie, parce qu'ils l'ont pris pour un imposteur, comme il y en avait eu tant déjà, les Juifs l'ont crucifié. Aujourd'hui encore, beaucoup d'hommes ne leur ont pas pardonné cette mise à mort ; ils croient toutes les accusations que l'on peut répandre sur les Juifs. Certains n'attendent qu'une chose : qu'il leur soit possible de tourmenter et de persécuter encore les Juifs. Bien des gens ne les supportent pas ; ils leur paraissent étranges, inquiétants. D'eux on croit le pire, simplement parce qu'on ne les connaît pas assez...

Nous suivions le récit avec attention, nous faisions si peu de bruit qu'on entendait grincer la semelle des chaussures de M. Neudorf quand il marchait. Tous, nous le regardions, excepté Frédéric, qui gardait les yeux baissés, comme s'il était perdu dans la contemplation de ses deux mains.

— On reproche aux Juifs d'être rusés, sournois. Comment ne le seraient-ils pas? Un homme qui vit continuellement dans la crainte d'être persécuté et chassé devrait avoir une bien grande force d'âme pour conserver un caractère droit... On affirme que les Juifs sont avides et fourbes. Pourraient-ils ne pas l'être, alors qu'on les a toujours dépouillés, dépossédés? Dans la fuite, il leur a toujours fallu abandonner tous leurs biens. Ils savent, par expérience, que l'argent est le seul moyen pour eux d'acheter, s'il le faut, la sécurité et la vie... Leurs ennemis les plus acharnés doivent pourtant leur concéder une chose : ils font preuve de beaucoup de capacités. Seuls des hommes capables peuvent résister à deux mille ans de persécution. Par leurs travaux, plus nombreux ou de plus d'envergure que ceux des hommes parmi lesquels ils vivaient, les Juifs ont acquis toujours plus d'importance et d'influence. Un grand nombre de savants et d'artistes ont été et sont encore des Juifs... Si aujourd'hui ou demain il vous arrive de voir mépriser les Juifs, songez que les Juifs sont des hommes, des hommes semblables à nous !

Notre maître saisit sa pipe sans nous regarder. Il gratta la cendre du fourneau, alluma le tabac qui lui restait et nous dit après quelques bouffées :

— Vous voulez sans aucun doute savoir pourquoi je vous ai raconté tout cela?

Il vint tout près de Frédéric et posa la main sur son épaule.

— L'un d'entre vous doit quitter notre école. Frédéric Schneider ne viendra plus en classe chez nous; il doit fréquenter maintenant une école juive parce qu'il est de croyance juive. Il ne s'agit pas là d'une punition mais d'un changement. J'espère que vous le comprendrez et resterez l'ami de Frédéric, tout comme je demeurerai le sien, lors même qu'il ne sera plus dans ma classe... Peut-être aura-t-il besoin bientôt de bons amis, de fidèles amis...

Notre maître saisit Frédéric par l'épaule et l'obligea à le regarder.

— Je te souhaite bien des choses, Frédéric, et au revoir.

Frédéric répondit, tout bas, en baissant la tête :

— Au revoir, monsieur...

M. Neudorf s'avança vers la chaire d'un pas rapide. Tourné vers la classe, il leva le bras droit, la main tendue à hauteur des yeux et salua : « Heil Hitler. » Nous nous levâmes d'un bond et lui rendîmes son salut de la même manière.

Chapitre 14

Madame Penk
1935

Depuis que M. Schneider était devenu chef de rayon des grands magasins « Herschel Meyer », Mme Schneider avait une femme de ménage, Mme Penk, qui l'aidait deux fois par semaine pour les travaux de ménage. Quand Papa eut trouvé du travail et, de plus, reçu un avancement rapide en raison de son affiliation au Parti, Mme Penk vint aussi aider Maman. Elle était travailleuse et propre, et l'on pouvait la recommander sans arrière-pensée, elle acceptait autant d'heures de ménage qu'elle pouvait en faire. Sa préférence allait aux familles où il y avait des enfants, car elle-même n'en avait pas. Son mari ne rentrait que tard le soir de la fabrique ; elle s'ennuyait toute seule chez elle, et, comme elle aimait s'acheter toutes les babioles imaginables, elle faisait des ménages pour avoir l'argent nécessaire à ces achats.

C'était un mercredi, à la fin de l'automne 1935 ; je faisais mes devoirs tandis que Mme Penk nettoyait les vitres. On sonna, Maman ouvrit ; c'était Mme Schneider qui demandait Mme Penk. Celle-ci avait entendu ; posant son chiffon elle allait déjà vers la porte lorsque Maman, Mme Schneider et Frédéric entrèrent. Devant se rendre le vendredi suivant chez le médecin avec Frédéric, Mme Schneider voulait simplement demander à Mme Penk de ne pas venir ce jour-là aussi tôt que d'habitude. Mais la brave Mme Penk avait l'air gêné ; les yeux baissés, elle pétrissait entre ses doigts le mouchoir qu'elle avait tiré de sa poche ;

elle articula avec embarras ces quelques mots :

— J'allais monter chez vous, je voulais vous parler...

Elle s'interrompit, regarda Mme Schneider et poursuivit :

— Il faut que vous compreniez... Mon mari pense... Vraiment je travaillais volontiers chez vous... J'aime tant Frédéric...

Mme Schneider était devenue écarlate, elle baissa la tête, ses doigts tortillaient nerveusement l'un des boutons de son manteau, sa respiration était courte. Le regard de Maman allait de l'une à l'autre avec stupeur; il était clair qu'elle ne comprenait rien à ce qui se passait. Mme Penk avait pris Frédéric contre elle, elle lui mit le bras autour du cou et le tint serré tandis que sa main gauche lissait sans relâche son tablier. Frédéric lança un regard interloqué à sa mère, puis à Mme Penk. Mme Schneider releva la tête et s'éclaircit la voix pour répondre :

— C'est bien, madame Penk, je vous comprends et je ne vous en veux pas. Je vous remercie de l'aide efficace que vous m'avez apportée pendant si longtemps. Je vous souhaite bien des choses.

Elle tendit rapidement la main à Mme Penk et quitta en hâte l'appartement. Maman alla fermer la porte, revint en haussant les épaules ; elle n'y comprenait plus rien du tout. Mme Penk, immobile à la même place, pétrissait toujours son mouchoir. Maman demanda :

— Vous êtes-vous disputées ? Qu'y a-t-il ? Comment pouvez-vous faire faux bond à une famille comme celle-là ?

Mme Penk tourna le dos à Maman, elle saisit son chiffon et se mit à parler aux murs tout en frottant le montant de la fenêtre :

— Que faire ? Si vous croyez que j'en suis heureuse, mais tout de même je n'ai que trente-huit ans !

Mme Penk lui eût donné une énigme à résoudre que Maman n'eût pas fait une autre tête.

— Quel rapport tout cela a-t-il avec votre âge ?

Par-dessus son épaule, Mme Penk contempla avec stupéfaction Maman qui soutint son regard ; alors, interrompant son travail, elle demanda d'un air supérieur :

— Vous n'êtes donc pas au courant de la nouvelle loi nazie ?

— Non.

— Les mariages entre Juifs et non-Juifs ne sont plus autorisés, tous les mariages déjà contractés sont annulés, et il est interdit aux femmes non juives qui ont moins de quarante-cinq ans d'accepter des travaux de ménage chez les Juifs.

— Mon Dieu !... soupira Maman.

Mme Penk lui raconta avoir vu la semaine précédente une jeune femme que l'on conduisait à travers la ville portant attaché au cou un écriteau ainsi libellé : «Je mérite que l'on me batte, car j'aime un Juif.»

Comme dans une plainte, cachant son visage dans ses mains, Maman murmura :

— C'est terrible.

Mme Penk secoua la tête.

— Vous imaginez-vous que j'aie envie d'être traînée ainsi à travers la ville ou même d'aller en prison ?

Maman marchait lentement vers la porte, elle s'arrêta avant de quitter la pièce et demanda :

— Qu'en dit votre mari, madame Penk ?

En pliant son chiffon, celle-ci répondit très bas :

— J'aurais bien su arranger les choses, mais mon mari est un ancien communiste ; il pense que nous devons être très prudents maintenant et ne rien faire qui puisse nous causer du tort.

Chapitre 15

Un avertissement
1936

Papa revint très tard de la réunion du Parti. Il regarda l'heure d'un air las et dit à Maman qu'il ne voulait pas dîner tout de suite; elle hocha la tête pour marquer son étonnement et retira la casserole du feu. Papa prit une chaise, se posta dans le couloir à côté de la porte d'entrée et se mit à lire son journal. De la porte de la cuisine, Maman le regarda, puis reprit son travail en soupirant; mais Papa n'était guère attentif à sa lecture; au moindre mouvement dans la maison il entrouvrait la porte et prêtait l'oreille. J'avais depuis longtemps abandonné mes jeux. Je suivais des yeux l'étrange manège de mon père et je cherchais à en comprendre la signification.

Au bruit des pas de M. Schneider dans l'escalier, Papa laissa tomber son journal, ouvrit brusquement la porte, et sortit sur le palier. M. Schneider, accompagné de Frédéric qui portait la serviette de son père, montait lentement ; ils levèrent un regard surpris sur Papa qui leur barrait le chemin.

— Puis-je vous demander d'entrer un instant ? dit Papa.

Tous deux pénétrèrent dans notre salle à manger. Papa offrit à M. Schneider une place près de la fenêtre et dit à Frédéric de me rejoindre. Dans un coin, près du poêle, nous nous mîmes, en silence, à jouer aux dominos. Papa offrit à M. Schneider un de ses bons cigares, ceux du dimanche, et alluma une cigarette. Ils fumèrent un instant sans parler.

— Il m'en coûte, croyez-le bien, murmura mon père, puis il regarda M. Schneider en face et dit d'une voix un peu plus assurée :

— Permettez-moi de parler franchement...

Le visage de M. Schneider était devenu grave, il répondit après un instant d'hésitation :

— Je vous en prie...

La main qui tenait le cigare tremblait légèrement, de petits brins de cendres volèrent sur son pantalon. Mal à l'aise, Papa baissa les yeux et confia tout bas :

— Je suis affilié au Parti.

M. Schneider repartit aussi bas, et la voix laissait percer une légère déception :

— Je le sais.

Surpris, Papa leva la tête.

— Votre fils me l'a dit ; mais je pouvais bien le penser de moi-même.

Il dit cela avec tristesse.

Papa lança dans ma direction un regard de reproche, tira nerveusement une bouffée de sa cigarette et poursuivit :

— Comprenez-moi. J'ai été longtemps chômeur. Depuis que Hitler est au pouvoir j'ai retrouvé du travail, et bien supérieur à ce que j'espérais. Tout va bien maintenant pour nous.

M. Schneider, conciliant, tenta de l'arrêter :

— Vous n'avez vraiment pas à vous excuser, vraiment pas !

Papa fit un signe de dénégation.

— Cette année nous allons pouvoir, pour la première fois, faire tous ensemble un voyage pendant mon congé, grâce à l'association « Force par la Joie ». Entre-temps on m'a proposé une nouvelle place parce que je suis affilié au Parti. Je suis devenu membre du Parti national-socialiste, parce que j'estime que c'est tout à notre avantage, je veux dire que c'est profitable à moi et à ma famille.

M. Schneider interrompit Papa :

— Je vous comprends parfaitement, j'aurais peut-être agi comme vous si je n'étais pas juif, mais je suis juif !

Papa prit une autre cigarette.

— Je n'approuve nullement le Parti dans toutes ses exigences et toutes ses activités, mais ne pensez-vous pas que tout Parti, tout Gouvernement a ses moins bons côtés ?

M. Schneider sourit avec amertume :

— Malheureusement, je suis de ce mauvais côté !

— C'est pour cela que je vous ai prié d'entrer, reprit Papa, je voulais en parler avec vous.

M. Schneider se tut. Ses yeux grands ouverts étaient tournés vers Papa ; on n'y lisait pas la moindre peur, sa main ne tremblait plus, sa respiration était calme et profonde, il fumait son cigare en homme détendu.

Frédéric avait mis de côté depuis longtemps le jeu de dominos ; il écoutait la conversation des grandes personnes. Ses yeux paraissaient immenses mais on aurait pu croire son regard perdu au loin ; il ne me voyait apparemment plus. J'épiais moi aussi l'entretien des deux hommes. Si je ne comprenais pas tout ce qu'ils disaient, leur gravité m'impressionnait pourtant.

— Cet après-midi j'ai assisté à une réunion du Parti, dit encore Papa ; dans ce genre de réunions on apprend toutes sortes de choses. On est informé des plans et des intentions de la direction du Parti, et lorsqu'on sait écouter on peut en deviner pas mal aussi. Permettez-moi de vous demander : pourquoi restez-vous encore ici, vous et votre famille ?

M. Schneider eut un sourire étonné.

— Vos coreligionnaires ont déjà, en grand nombre, quitté l'Allemagne, on leur faisait la vie trop dure. Ce n'est qu'un début, cela va s'intensifier. Pensez à votre famille, partez.

M. Schneider tendit la main à Papa.

— Je vous remercie de votre franchise et je sais l'apprécier. Voyez-vous, je me suis déjà demandé, moi aussi, s'il ne valait pas mieux fuir l'Allemagne ; mais deux choses m'en empêchent.

Papa l'interrompit avec émotion :

— Tout vous y pousse au contraire, aujourd'hui plutôt que demain. Comprenez-le donc.

Papa prit une troisième cigarette ; ordinairement il en fumait tout au plus cinq par jour.

— Voici mes raisons, expliqua M. Schneider ; je suis Allemand, ma femme est Allemande, mon fils est Allemand. Tous nos parents le sont aussi. Que ferions-nous à l'étranger ? Nous accepterait-on ? Croyez-vous qu'ailleurs on regarde les Juifs d'un meilleur œil qu'ici ? D'ailleurs cela finira bien par s'apaiser. Depuis le début de l'année olympique, on nous laisse presque complètement la paix, ne trouvez-vous pas ?

En faisant tomber la cendre, Papa cassa en deux sa cigarette ; il en reprit aussitôt une autre dans le paquet, il écoutait les paroles de M. Schneider en secouant la tête.

— Ne vous y fiez pas.

M. Schneider expliqua :

— Deux mille ans de préjugés ne peuvent disparaître en un demi-siècle de paisible vie commune. Nous autres, Juifs, il faut nous en accommoder ! Au Moyen Age ces préjugés menaçaient encore notre vie, mais depuis lors les humains sont devenus un peu plus raisonnables.

Papa fronça les sourcils.

— Vous parlez comme si vous n'aviez à craindre qu'un petit groupe d'antisémites excités. Votre adversaire, cette fois-ci, est un « État ».

Papa faisait tourner sa cigarette dans ses doigts et fumait nerveusement.

— N'est-ce pas justement notre chance ? répondit M. Schneider. On restreindra notre liberté, on nous traitera injustement mais nous n'avons au moins pas à craindre que des foules en fureur nous égorgent sans pitié.

Papa haussa les épaules.

— Et vous accepterez tout simplement la servitude et l'injustice ?

M. Schneider se pencha, sa voix était calme et assurée.

— Dieu a donné aux Juifs une mission qu'ils doivent accomplir. Depuis que nous avons quitté notre patrie, nous sommes sans cesse persécutés.

J'ai beaucoup réfléchi à cela, ces derniers temps. Peut-être parviendrons-nous à mettre un terme à cette errance si nous cessons de fuir, si nous apprenons à supporter, à patienter, là où on nous a mis...

Papa écrasa sa cigarette.

— J'admire votre foi, dit-il, mais je ne peux la partager. Je ne peux rien faire d'autre que vous conseiller de partir.

M. Schneider se leva.

— Ce que vous pensez ne peut se produire, pas au XXe siècle. Mais je vous remercie de votre franchise et du souci que vous vous faites pour nous.

Pour la seconde fois il serra la main de Papa qui l'accompagna jusqu'à la porte.

M. Schneider appela Frédéric d'un geste. Il s'arrêta dans le vestibule et dit à voix basse :

— Si pourtant il arrivait que vous ayez raison, puis-je vous adresser une prière ?

Papa inclina la tête sans parler.

— Si quelque chose devait m'arriver, je vous confie ma femme et mon enfant.

Papa saisit la main de M. Schneider et la serra fortement.

Chapitre 16

A la piscine
1938

Il faisait très chaud. Seuls circulaient dans les rues ceux qui ne pouvaient s'en dispenser et, même à l'ombre, les rares passants transpiraient. Nous étions convenus de nous retrouver à bicyclette au-delà de la ville, à l'entrée du bois, pour aller ensemble à la piscine. Maman m'avait prêté sa bicyclette. Quoique un peu vieille d'aspect, elle roulait encore bien. Frédéric arriva sur son vélo bleu tout neuf, il l'avait tant astiqué qu'il était resplendissant ; en chemin nous chantions, Frédéric lâchait son guidon et dans les virages la bicyclette allait d'un talus à l'autre.

Venant à notre rencontre apparut une autre bicyclette éblouissante : même celle de Frédéric

ne soutenait plus la comparaison. Malgré la chaleur, ce cycliste paraissait très pressé; à une
grande distance encore, il faisait résonner son
timbre pour avertir Frédéric qui oscillait d'un
côté à l'autre de la route. Lui reprit son guidon,
mais sans se soucier outre mesure de l'arrivant
qui fut obligé de freiner en maugréant. Frédéric
ne céda le passage qu'au dernier moment et siffla
entre ses doigts en direction du cycliste. Sans se
retourner, l'homme fila à toute allure sur le
chemin.

Un quart d'heure plus tard nous arrivions à la
piscine. Après avoir attaché nos bicyclettes contre
un arbre, et nous être déshabillés, nous donnâmes
nos vêtements en garde et reçûmes en échange un
bracelet portant un numéro; Frédéric se le passa
à la cheville et sauta dans l'eau, il savait beaucoup
mieux nager que moi et c'était un plongeur
remarquable. Je passai d'abord sous la douche,
puis descendant prudemment dans l'eau froide, je
me mis à nager à la poursuite de Frédéric. Nous
nous attardâmes jusqu'au soir, nous ébrouant
dans l'eau ou nous laissant dorer par le soleil. Je
m'aperçus en jetant les yeux sur la grande pendule de l'entrée que nous avions déjà dépassé
l'heure habituelle. Au moment de reprendre nos
vêtements Frédéric constata la disparition de son

numéro. Il retourna dans l'eau en courant, plongea, mais ne retrouva pas son bracelet au fond de la piscine. Haussant les épaules il prit place derrière ceux qui attendaient leurs vêtements ; c'était long et le maître nageur avait fort à faire. Je reçus le premier mon portemanteau avec mes chaussures, mon pantalon et le reste. Je me changeai rapidement et sortis, bien peigné, de la cabine. Frédéric, lui, faisait toujours la queue. Le maître nageur se tourna enfin vers Frédéric et pesta en apprenant ce qui lui était arrivé, mais le laissa pourtant pénétrer dans le vestiaire.

Frédéric, trempé et grelottant, suivit le maître nageur qui maugréait, chercha ses affaires parmi les vêtements accrochés. Le maître nageur voulait déjà le faire attendre jusqu'à ce que tous les autres soient servis lorsque Frédéric s'écria : « Les voilà. » Le maître nageur prit le portemanteau, le porta jusqu'à la barrière et l'y suspendit.

— Comment t'appelles-tu ? demanda-t-il.

— Frédéric Schneider.

— Où est ta carte d'identité ?

— Dans la poche arrière droite du pantalon, le bouton tient mal.

Le maître nageur chercha la poche, la déboutonna, tira l'étui qui contenait la carte et l'examina. Frédéric claquait des dents devant la

barrière ; gêné, il tenait les yeux baissés. Tout à
coup le maître nageur siffla entre ses dents. L'em-
ployée qui servait les femmes et les jeunes filles de
l'autre côté, accourut.

— Regarde-moi ça, dit le maître nageur, tu
n'en verras pas souvent de semblable.

Tout le monde pouvait entendre ce qu'il disait
à haute voix.

— C'est une carte de Juif. Le gaillard m'a
trompé ; il déclare s'appeler Frédéric Schneider,
c'est bien plutôt Frédéric Israël Schneider qu'il
faudrait dire. Un Juif ! pouah ! un Juif dans notre
piscine.

Il avait l'air écœuré, tous ceux qui attendaient
leurs vêtements regardaient Frédéric. « Les nippes
d'un Juif parmi les vêtements des gens bien. »

Dégoûté, le maître nageur lança par-dessus la barrière la carte et l'étui. Toutes les affaires se dispersèrent sur le sol. Pendant que Frédéric ramassait ses vêtements, le maître nageur déclara qu'il lui fallait maintenant se laver les mains avant de continuer à servir, et il quitta la barrière en poussant une des chaussures de Frédéric dans le bassin.

Celui-ci n'avait pas encore retrouvé tout ce qui lui appartenait lorsque l'autre lui cria en plein visage :

— Habille-toi où tu voudras, mais tu n'entreras pas dans nos cabines.

Trempé, désemparé, Frédéric serrait contre lui ses affaires et cherchait comment s'essuyer et s'habiller ; mais ne trouvant pas de coin à l'abri des regards, il se frotta un peu avec sa serviette et enfila son pantalon sur son costume de bain mouillé. Dégoulinant, il quitta la piscine ; nous ne pûmes comprendre ce que le maître nageur hurla encore dans sa direction.

J'avais détaché les bicyclettes ; Frédéric tassait ses affaires sur le porte-bagages. Sans oser me regarder en face, il dit tout bas :

— Je me changerai vraiment dans le bois.

Cependant on parlait derrière nous. Un grand jeune homme disait :

— Elle était là ; j'en suis sûr, je l'avais attachée à cet endroit, j'ai regardé partout ; elle n'y est plus, elle était toute nickelée et je venais de l'astiquer.

Une foule de curieux s'assemblait autour du garçon, dispensant de sages conseils : « Suivre les traces..., avertir la police... », etc. Frédéric prêtait l'oreille ; abandonnant sa bicyclette, il s'approcha du groupe et dit :

— Moi, je sais qui a volé ta bicyclette. J'ai vu l'homme et je peux le décrire exactement.

Tous les regards se portèrent sur lui. Un passage s'ouvrit entre la victime du vol et lui ; le jeune homme fit un pas vers Frédéric et lui demanda :

— N'es-tu pas le garçon juif de tout à l'heure ?

Frédéric devint tout rouge et baissa les yeux.

— Et tu t'imagines peut-être qu'ils te croiront au commissariat si tu vas leur raconter ça ?

Chapitre 17

Les treize ans
de Frédéric
1938

J'accompagnais Frédéric. Pourtant Papa m'avait bien recommandé une semaine plus tôt de ne pas trop me montrer en public avec les Schneider ; cela lui attirait des ennuis au Parti.

... Nous étions maintenant dans la grande salle de la synagogue, M. Schneider et Frédéric vêtus de leur plus beau costume, moi avec mes vêtements de tous les jours. Le banc devant nous se remplit progressivement ; des hommes, le chapeau sur la tête, nous serraient la main au passage en nous disant : « Schabbes. » Tous avaient pour Frédéric en particulier un mot aimable, ou bien ils lui frappaient sur l'épaule d'un geste amical. Arrivés à leur place, les assistants soulevaient le couvercle de leur siège masquant de petits casiers. Du sien, Frédéric retira un grand châle, un livre, et sa coiffe de prière, en revanche il y fit disparaître sa casquette. Il effleura de ses lèvres le châle aux longues franges et le mit, en me glissant à l'oreille :

— C'est mon tallith, mon manteau de prière.

Un homme, qui portait un chapeau sans bords et un long manteau noir tombant jusqu'aux pieds, descendit quelques marches, vint au milieu de la salle et s'approcha d'une sorte de lutrin recouvert d'un tapis ; il feuilleta un gros livre, en commençant par la fin et d'une voix chantante entama une prière. C'était le rabbin. Frédéric me le glissa à l'oreille, avant d'ouvrir son livre, à son tour, et de se mettre à prier lui aussi en hébreu. Parfois sa voix interrompait le chant du rabbin, puis il reprenait une autre prière. J'étais rempli d'étonnement. Où Frédéric avait-il si bien appris l'hébreu ? Il ne m'en avait jamais soufflé mot. Du coup, dans mon esprit, je l'assimilai à toutes les grandes personnes qui nous entouraient. De temps à autre, détachant les yeux de son livre, il me faisait un petit signe de tête.

Le rabbin priait, tourné vers le levant. Il s'inclinait sans cesse face au mur auquel était suspendu un rideau rouge et se balançait pour ainsi dire d'avant en arrière.

N'étaient les caractères hébreux brodés en fil d'or sur ce rideau, on ne voyait dans toute la salle aucune image, aucun ornement ; il y avait seulement de grands chandeliers à plusieurs branches portant des bougies. Les quelques femmes qui assistaient au service divin étaient sur le côté, à une place réservée.

Tandis que j'examinais l'intérieur de la synagogue, les voix des membres de la communauté s'unirent à celle du rabbin. Le chant prit de la puissance, de l'unité. Le rabbin marcha à pas mesurés vers le rideau de velours rouge qu'un serviteur de la synagogue tira, une petite porte apparut dans le mur, le rabbin l'ouvrit et exposa l'intérieur aux regards.

— La Thora..., m'expliqua Frédéric.

La Thora, enveloppée d'une étoffe, était ornée d'une couronne et d'un écusson d'argent. Le rabbin la prit et en grande pompe transporta les parchemins pesants par toute la salle.

Sur son passage les fidèles quittaient leur place, portaient leur tallith à la Thora, puis à leurs lèvres.

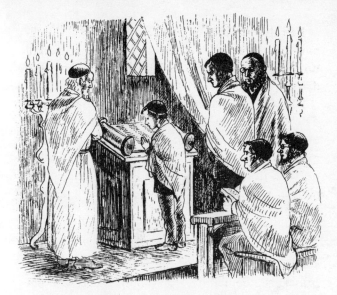

— Et voilà maintenant la surprise ! me révéla
Frédéric très excité.

M. Schneider l'attira à lui pour l'apaiser, lui
posant la main sur l'épaule et lui caressant les
cheveux.

Après avoir dépouillé la Thora de la couronne,
de l'écusson et de l'étoffe qui l'enveloppait, on
déroula le pesant rouleau de parchemin sur le
lutrin, le rabbin appela l'un après l'autre sept
hommes de la communauté. En dernier, il appela

Frédéric. M. Schneider posa ses deux mains sur les épaules de son fils, le regarda fièrement dans les yeux, puis l'envoya près du rabbin.

Le rabbin, lui-même, salua Frédéric avec beaucoup plus de solennité qu'il n'avait salué les autres hommes.

M. Schneider m'expliqua que Frédéric était appelé pour la première fois de sa vie à lire le texte sacré de la semaine et qu'on lui permettrait ensuite de faire la lecture des Prophètes.

Tout comme les autres, Frédéric effleura de son tallith le passage de la Thora que lui indiqua le rabbin et baisa le tallith. Il chanta ensuite l'introduction. Pour les autres, l'officiant avait chanté le passage de la Thora désigné, mais Frédéric prit en main le stylet d'argent et suivit les lignes de droite à gauche ; il chanta son passage de la Thora, tout seul, d'une voix rapide et sûre, puis toucha le dernier passage avec son tallith, et effleura de nouveau le tallith de ses lèvres. Tandis qu'on revêtait la Thora de ses ornements, il lut dans un gros livre le passage des Prophètes, puis regagna sa place près de nous. Tout comme au début le rabbin traversa la salle, chargé de la Thora et les fidèles se pressèrent vers la relique. Après une dernière prière, le rabbin referma la petite porte. Face à la communauté, il prononça une brève allocution. Pour la première fois, depuis mon entrée dans la synagogue, j'entendais de l'allemand. Ces paroles ne concernaient que Frédéric, elles le distinguaient parmi tous les assistants. Les hommes, qui ne cessaient de le regarder, lui adressaient des sourires et des vœux.

– *Aujourd'hui, une semaine après ton treizième anniversaire, tu as été appelé pour la première fois à lire un passage de la Thora en présence de la communauté. C'est pour chaque Juif un honneur très spécial que de proclamer les Saintes Écritures, mais le jour où il le fait pour la première fois n'est pas un jour comme les autres. C'est une nouvelle phase de ta vie qui commence. Désormais toi seul es responsable de tes actes devant le Seigneur. Jusqu'à ce jour cette responsabilité a été portée par ton père. Mais maintenant tu as valeur de membre dans notre communauté ; songe bien à cela, observe les commandements du Seigneur, nul ne pourra te décharger du poids de ta faute si tu les transgresses.*

« *Tu assumes un lourd devoir en des temps difficiles. Nous sommes le peuple élu de Dieu. Nous serons un jour ramenés par le Messie dans notre patrie et nous apporterons notre aide à l'édification de son Royaume. Mais avant que ce jour ne vienne, Dieu nous a imposé une dure destinée,*

129

celle d'être poursuivis, chassés et persécutés. Il ne nous faut jamais oublier que le Seigneur nous a voués à ce destin. Nous ne devons pas et nous ne pouvons pas lui échapper, même s'Il nous écrase. Pense aux exigences de la Sainte Thora...

Et le rabbin termina par une phrase en hébreu. Un chant mit fin au service divin.

J'attendais devant la synagogue, en compagnie de Frédéric et de son père : que de questions j'avais à poser ! mais je n'en trouvai pas l'occasion. Tous les hommes de la synagogue venaient féliciter Frédéric qui rayonnait de joie et de fierté. Lorsque les femmes furent sorties de la synagogue, elles aussi, nous nous dirigeâmes vers la maison au milieu d'un essaim de parents et d'amis.

Mme Schneider avait couru en avant, elle nous reçut à la porte de l'appartement et nous conduisit dans la salle à manger. Un abondant repas de Sabbat solennel était préparé. Frédéric fit un discours tout comme en font les grandes personnes :

– *Cher Père, chère Mère, le Seigneur nous a ordonné d'honorer notre Père et notre Mère afin de vivre longuement dans sa demeure : qu'Il me pardonne si je n'ai pas jusqu'à présent assez observé ce commandement. Pendant treize ans, mes chers Parents, aux périodes faciles comme aux périodes difficiles, vous m'avez élevé et*

130

conduit dans les voies du Seigneur. C'est à vous et à tous ceux qui vous ont aidés que je suis redevable d'être accepté aujourd'hui dans la communauté. Par mes pensées et mes actes je veux me montrer digne de cet honneur et de ce devoir. Que le Seigneur, chers Parents, vous accorde cent vingt ans de vie saine et joyeuse afin que j'aie le temps d'acquitter ma dette de reconnaissance.

Mme Schneider pleurait. M. Schneider tenait les yeux fixés sur le sol et fouillait dans sa poche d'un air détaché.

Quand Frédéric eut terminé, tous applaudirent. Son père lui offrit une montre-bracelet, les invités avaient eux aussi apporté des cadeaux.

— Dis-moi, demandai-je tout bas à Frédéric, d'où te vient cette science, l'hébreu et le discours ?

Il eut un sourire satisfait.

— J'ai tout appris par cœur ! Il m'a fallu répéter pendant près de trois mois le passage de la Thora et le discours...

J'étais très étonné, et il jouissait malicieusement de cette stupéfaction ; puis il me demanda :

— Veux-tu savoir ce que signifie Frédéric en hébreu ? et il ajouta en riant : Cela signifie Salomon.

A la fin du repas on sonna. Qui pouvait bien sonner ?

Mme Schneider, inquiète, alla ouvrir la porte. Notre maître d'école, M. Neudorf, entra ; il apportait ses vœux et un cadeau : un beau stylo ; sur le capuchon, le nom de Frédéric était gravé en lettres d'or.

Chapitre 18

Le professeur de gymnastique
1938

Notre professeur de gymnastique s'appelait M. Schuster, il était aussi chef S. A. [1] et il avait fait la guerre de 1914-1918 comme capitaine. Tous ceux qui le connaissaient redoutaient sa rigueur. Si l'on refusait d'obéir ou si l'on mettait trop de temps à changer de vêtement, on devait faire des flexions sur les jarrets jusqu'à épuisement. Nous autres, les élèves, nous évitions ce professeur dès que nous l'apercevions. L'éducation physique que nous dispensait M. Schuster consistait essentiellement en marches de tous genres : marche forcée, marche avec équipement de

1. « Section d'Assaut », en allemand *Sturmabteilung*.

campagne, etc. Un jour il vint dans notre classe le cours de gymnastique — c'était à la rentrée de deux heures — et il déclara :

— Pas de récréation aujourd'hui, de l'air frais vous en aurez suffisamment, nous allons faire une marche d'entraînement.

Nos figures s'allongèrent, mais nul n'osa le contredire, pas même Karl Meisen qui s'était foulé la cheville, en sautant, durant le dernier cours.

— Videz vos cartables, nous ordonna M. Schuster, et déposez vos livres et vos cahiers dans les pupitres.

«Dans la cour, sur un rang, le chef de file à trois pas du châtaignier ! Prenez vos cartables, en avant, marche !

Saisissant nos cartables nous nous précipitâmes dans l'escalier pour arriver à temps.

En bas, M. Schuster nous attendait déjà.

— J'ai dit *une* file, nous cria le professeur, et sans bouger. Il reprit sa respiration : Tous au mur, en avant, marche !

Nous nous précipitions déjà vers le mur, mais un «garde à vous !» nous figea sur place. Il nous fallut nous remettre sur une file et courir à nouveau vers le mur, et nous remettre sur une file, puis regagner en rangs l'entrée de la salle de gym-

134

nastique. Des briques, oubliées par un quelconque entrepreneur, étaient entassées là. M. Schuster en bourra nos cartables.

— Mon sac est plus grand que celui des autres, fit remarquer Franz Schulten. Ils n'ont eu que deux briques, gémit-il tandis que M. Schuster lui en mettait trois. Pour toute réponse, M. Schuster en ajouta une quatrième.

D'habitude les possesseurs de serviettes n'avaient que mépris pour ceux qui portaient leur cartable dans le dos; aujourd'hui ils les enviaient. En colonne de route nous nous mîmes en marche. A proximité de l'école, les parents pouvaient nous voir. M. Schuster nous fit entonner un chant qu'il indiqua lui-même :

— «Vois-tu à l'est»... deuxième strophe :

Le Peuple, au fil des années
Était trompé et asservi.
Traîtres et Juifs tiraient profit
De victimes qu'ils voulaient par milliers.
Au sein du peuple nous est né
Un Führer qui nous a donné
La Foi, l'Espérance aussi
En l'Allemagne, notre pays.
Aux armes ! Aux armes !

Avec le chargement que représentaient les briques pesantes, nous épuisions notre dernier souffle à chanter. Nous fîmes ainsi le tour de la moitié de la ville, d'une marche qui devint vite une marche au pas accéléré. Au bout d'une heure et quart, nous nous retrouvions haletants aux environs de l'école. Franz Schulten portait sur l'épaule sa serviette alourdie de briques, la poignée avait cédé, sa veste était trempée de sueur. En larmes, Karl Meisen était resté sur la route à cause de sa cheville foulée. Nous, nous pouvions à peine marcher droit. Seule la démarche de M. Schuster conservait sa fermeté et son aisance. Il avait un sourire railleur lorsqu'il voyait l'un de nous clopiner. En cet état nous rencontrâmes une autre classe que nous reconnûmes en y voyant Frédéric. C'était une classe de l'école juive.

M. Schuster avait lui aussi distingué Frédéric et il nous stimula :

— Il s'agit de montrer à ceux-là ce que sont de jeunes Allemands, et de quoi ils sont capables. Vous n'allez tout de même pas donner prise à ces pitoyables Juifs. J'attends de vous de la tenue ! Compris ?

Il passait le long de la colonne et redressait d'une bourrade ceux qui n'en pouvaient plus. Rassemblant nos dernières forces, nous nous ressaisîmes. M. Schuster imposa un nouveau chant. Chargés de briques, mais très droits, nous dépassâmes la classe juive en chantant à tue-tête, les yeux fixés droit devant nous :

> *Le Juif bancal va çà et là,*
> *La mer Rouge il traversa ;*
> *Si les vagues se refermaient*
> *Tout le monde aurait la paix.*

Chapitre 19

Le pogrom
1938

Il était un peu plus de midi ; je venais de sortir de classe. Dans la rue, la plaque du docteur Askenase gisait brisée devant la porte, le cadre des fenêtres de la salle de consultation pendait au cordon des stores, à la hauteur des soupiraux. On avait jeté par terre toute la trousse du médecin, et l'odeur des flacons de médicaments brisés empestait le quartier ; dans le caniveau il y avait un poste de radio démantelé.

En arrivant à la boutique d'Abraham Rosenthal, le petit Juif à la barbe en pointe, je pus voir de loin les éclats de verre qui couvraient la moitié de la chaussée, et, sur le trottoir, un amoncellement incohérent de rayons et d'étalages. Le vent jetait contre le mur de la maison des feuilles de papier sales ; quelques personnes fouillaient tout cela du pied, se baissaient parfois rapidement et faisaient disparaître un objet dans leur poche. Je jetai un coup d'œil dans la petite boutique. Des lambeaux de tapisseries flottaient au mur ; jusqu'à hauteur du genou, le sol était jonché de papiers déchirés de toutes couleurs, de cahiers abîmés, de rubans de machine à écrire déroulés, d'images froissées, de découpages ternis, de sucres d'orge multicolores et de réglisses noires écrasées.

Au coin de la rue je croisai un groupe : cinq hommes et trois femmes, en casquettes ou fichus. Armés de barres de fer, ils marchaient en silence vers le *Foyer juif du jeune apprenti*. Ils étaient suivis de nombreux badauds.

— Ah ! On va leur donner une leçon ! Ils le méritent depuis longtemps, criait un petit homme à lunettes.

Je ne pus résister à la curiosité et, moi aussi, je vins me joindre à la troupe.

— Ce que tu vas voir aujourd'hui, gamin, dit le petit homme, tu pourras le raconter à tes petits-enfants...

Le groupe s'arrêta devant la maison des

apprentis. Plantés là, les cinq hommes et les trois femmes commencèrent à chuchoter et à se concerter, comme s'ils voulaient se donner du courage. Enfin, l'un des hommes fit un pas en avant.

— Ouvrez ! hurla-t-il, en direction des étages supérieurs de la maison.

Rien ne bougea, aucune fenêtre ne s'ouvrit, aucun rideau même ne frémit. La maison semblait morte. L'homme brailla une seconde fois cet ordre vers les fenêtres closes. Les nerfs tendus, nous fixions tous le bâtiment. J'étais très excité, qu'allait-il se produire ?

Mais il ne se passait rien.

L'une des femmes se mit à injurier cette « maison de Juifs », sa voix était si stridente que je ne pouvais comprendre ce qu'elle disait. L'homme, lui, ne se contentait pas d'injures et de cris : il alla vers la porte, manœuvra le loquet mais le puissant vantail de chêne était fermé. Il fit trois ou quatre pas en arrière, prit un peu d'élan et se lança de dos contre le panneau. Il répéta cette tentative en prenant plus d'élan encore.

D'autres hommes du groupe s'associèrent à lui, chacun opéra d'abord en désordre, puis l'assaut devint général. Les femmes s'y mirent aussi. La poissarde de tout à l'heure ne bou-

140

geait pas, mais elle excitait les autres, par ses paroles, puis par un « Ho hisse » qui résonnait dans toute la rue. Au rythme de ses cris, les hommes et les femmes s'arc-boutaient contre la porte. La part que prenait le cercle des assistants devenait plus active ; stimulés par la femme, ils se mirent peu à peu tous à l'unisson.

— Ho hisse... Ho hisse... Ho hisse...

Ça y était, je me surpris moi-même à crier « Ho hisse », et chaque cri me rapprochait du groupe de ceux qui luttaient contre la porte ; sans savoir comment, je me retrouvai parmi eux et je découvris alors qu'il n'y avait plus de spectateurs : tous prenaient part à l'action... La porte céda lentement. Elle surprit tout le monde en s'effondrant enfin. Les premiers furent précipités dans la maison, les suivants trébuchèrent sur les débris, le reste suivit.

Je fus entraîné, moi aussi ; lorsque je pus m'arrêter et regarder autour de moi, toute la maison craquait et gémissait déjà. J'escaladais les marches sans lâcher mon cartable, tandis que les chaises et les tables volaient dans la cage d'escalier pour venir s'écraser en arrivant en bas.

Tout cela était étrangement excitant.

Personne ne s'interposait, aucun habitant de la maison n'était visible, couloirs et salles étaient vides. La poissarde s'était installée dans un dor·

toir, elle éventrait les matelas à l'aide d'un couteau de cuisine et elle m'adressa un sourire à travers un nuage de poussière en me disant d'une voix croassante :

— Ne me reconnais-tu pas ?

Après réflexion, je fis signe que non. Elle éclata d'un gros rire.

— Je vous apporte le journal chaque matin.

Et elle envoya promener le matelas éventré par la fenêtre.

— Viens m'aider, m'ordonna-t-elle.

Un vieil homme avait découvert une armoire pleine d'outils, il s'en remplissait les poches et me mit dans la main un marteau, tout neuf. Je jouais un peu avec et, d'un mouvement de poignet, l'envoyai çà et là. Ce faisant je heurtai quelque chose. Une vitre, celle d'une bibliothèque brisée, dégringola sous le choc. Je tressaillis, mais ma curiosité s'éveilla sans tarder. J'entrechoquais doucement une vitre déjà brisée, elle tomba de son cadre avec un cliquetis. J'y prenais déjà plaisir, le coup que je donnai à la troisième vitre fut si violent que les éclats de verre jaillirent. Je me frayai un chemin par les couloirs à coups de marteau, je jetais de côté tout ce que je rencontrais, pieds de chaise, armoires renversées, vases de nuit, verres. Je me sentais plein d'une force merveilleuse. Pour un peu j'aurais chanté, tant j'étais heureux des effets de mon marteau. Je découvris une petite salle de classe que personne apparemment n'avait visitée avant moi, et j'inspectai les lieux avec curiosité. J'aurais aimé le faire en hurlant de joie pour moi tout seul. En me retournant, je heurtai avec mon cartable une équerre, elle tomba du pupitre. Je n'y pris pas garde et marchai dessus, elle se brisa avec un bruit sec, on aurait dit un coup de fusil et cela me fit tressaillir. D'autres équerres, des petites et des grandes, étaient accrochées au mur. J'en pris une et réitérai le bruit sec, cette fois le coup était plus sourd. Je brisai toutes les équerres les unes après les autres et je pris plaisir à entendre la variété des sons qu'elles émettaient. Ne trouvant plus d'équerres, je repris mon marteau et tambourinai sur les pupitres alentour, fouillant toutes les armoires, les tiroirs et les casiers, mais je ne trouvai plus rien qui fût propre à alimenter ma rage de destruction. Déçu j'allais quitter la salle. Je me retournai sur le seuil pour jeter un dernier coup d'œil. Un grand tableau noir était accroché au mur opposé; prenant mon élan, je lançai de toutes mes forces le marteau contre le tableau, la tête se ficha au milieu; avec son manche clair qui ressortait sur cette surface noire, on eût dit un portemanteau.

Je me sentis soudain las et écœuré. J'aperçus mon visage dans un morceau de miroir qui pendait dans l'escalier. Et je m'enfuis vers la maison.

Maman m'attendait, elle me regarda sans rien dire, mais je ne lui dis pas d'où je venais. Elle servit la soupe et nous commencions à manger lorsque nous entendîmes des cris devant la maison. La porte fut enfoncée avec fracas, M. Resch vitupérait de sa voix glapissante. Une troupe de gens monta à grand bruit l'escalier, passa devant notre porte, monta plus haut. La porte des Schneider céda avec un craquement.

— Qu'est-ce que c'est ? demanda Maman livide.

Nous entendîmes un cri, la voix de Mme Schneider...

— Il faut appeler la police, dit Maman.

Quelque chose tomba sur le sol avec un bruit mat.

— La police ne fait rien, elle regarde faire, répondis-je.

Une voix d'homme lança un juron, Frédéric poussa un hurlement, puis des cris désespérés. Abandonnant ma cuiller, je me précipitai vers la porte.

— Reste ici, gémit Maman.

J'escaladai l'escalier. La porte des Schneider

pendait à un gond, la vitre en était brisée. Mme Schneider gisait dans la cuisine, les lèvres bleues et le souffle court. Frédéric avait au front une bosse grosse comme le poing ; penché sur sa mère il lui parlait tout bas et ne me remarqua même pas. Sans un regard, un homme marcha sur les pieds de Mme Schneider et renversa par la fenêtre une grande boîte d'argenterie. Une femme brisait des tasses de porcelaine dans la salle à manger. Elle me fit un signe de reconnaissance et se nomma en me voyant. Une autre lacérait tous les tableaux de l'appartement avec le coupe-papier de M. Schneider. A côté de la bibliothèque de M. Schneider, un géant aux cheveux noirs retirait les livres des rayons l'un après l'autre, les saisissant par la couverture et les déchirant au milieu.

— Fais comme moi, dit-il en riant, fier de lui.

Dans la chambre de Frédéric un homme s'efforçait de faire passer la literie par la fenêtre.

— Viens m'aider.

Je redescendis doucement chez nous. Maman épiait par la fente de la porte en tremblant. Elle m'attira dans l'appartement et me poussa sans parler dans la salle à manger. Nous nous mîmes à la fenêtre pour regarder dans la rue. Au-dessus de nous, on entendait des piétinements, des trépignements.

— A mort, Judas! croassa une femme audehors; c'était notre vendeuse de journaux. Un fauteuil passa en sifflant devant la fenêtre et s'écrasa sur les rosiers du jardin. Maman se mit à pleurer tout haut et je l'imitai.

Chapitre 20

Madame Schneider
1938

Maman s'éveilla en sursaut et tira Papa de son sommeil en lui disant :

— Écoute !

Papa bâilla.

— Qu'y a-t-il ?

— On a frappé.

Pour la calmer, Papa lui assura qu'elle avait rêvé et il se retourna sur le côté, mais Maman s'obstinait, elle était sûre d'avoir entendu frapper.

Quelques coups timidement renouvelés à la porte d'entrée coupèrent la parole à Papa qui bondit hors du lit. Le réveil indiquait une heure et demie. Après avoir enfilé ses pantoufles et jeté un manteau sur ses épaules, Papa se glissa jusqu'à la porte et l'entrouvrit sans allumer. Sur le palier, M. Schneider tout habillé lui chuchota :

— Excusez-moi, ma femme ne va pas bien du tout ; n'ayant pas de lumière, nous avons allumé une bougie mais elle éclaire si peu. Pourriez-vous nous prêter une lampe ?

— Bien sûr.

Papa ouvrit la porte toute grande et donna à M. Schneider la lampe qu'il prit sur la table de la salle à manger. M. Schneider le remercia et s'excusa d'avoir dû le réveiller en pleine nuit.

— Je vous en prie, se récria Papa, et refermant doucement la porte, il revint se coucher.

Maman suggéra que Mme Schneider devait être malade d'émotion et se demanda si elle ne devrait pas monter s'en occuper ; mais finalement elle se recoucha.

J'étais à peine rendormi qu'on frappa de nouveau. Cette fois Papa se leva tout de suite pour ouvrir à M. Schneider qui venait encore en quémandeur ; il était accompagné de quelqu'un, le docteur Lévy. Celui-ci expliqua qu'il devait faire une piqûre à Mme Schneider mais qu'il ne pouvait faire bouillir la seringue, car il était impossible de faire du feu chez les Schneider. Maman passa rapidement une robe. Tandis que je m'habillais, elle alla dans la cuisine faire bouillir la seringue.

— C'est la seule qui soit restée entière, dit le médecin avec un sourire gêné.

Puis voyant que l'eau ne bouillait pas encore, il s'excusa car il devait retourner au chevet de sa patiente.

Maman retira la casserole du feu lorsque l'eau se mit à bouillir et la monta en m'ordonnant de la suivre avec le réchaud électrique.

La porte défoncée était appuyée au mur et l'on entrait librement dans l'appartement; l'intérieur était sombre, il fallait tâter du pied devant soi à chaque pas; seule la chambre à coucher diffusait dans les autres pièces une faible lueur. Les portes faisant défaut, Maman toussa pour se faire entendre. M. Schneider vint à sa rencontre et la fit entrer dans la chambre. Il y régnait un air de désolation. Les fragments du lit étaient empilés sur l'armoire sans portes; celles-ci étaient d'ailleurs inutiles, car l'armoire ne contenait plus rien. Tout était débris dans cette chambre, débris qu'on avait repoussés le long des murs. Les Schneider avaient balayé proprement la surface libre. Mme Schneider reposait au milieu sur une couche faite de lambeaux, de rideaux en loques et de couvertures déchirées, il n'y avait pas de draps ! La lampe, posée sur le sol, répandait sa chaude lumière sur le visage contracté. Maman poussa un cri d'horreur.

— Mais cela ne peut pas aller ainsi, monsieur Schneider ; il faut porter votre femme dans notre appartement.

— C'est trop tard, murmura le docteur Lévy en préparant la seringue.

M. Schneider était dans l'ombre et l'on ne pouvait distinguer son visage. Frédéric, à genoux près de sa mère, lui faisait boire quelque chose dans une tasse ébréchée. Le vent qui soufflait par les fenêtres brisées agitait légèrement la toile lacérée d'un tableau. Maman me fit signe de brancher le réchaud électrique, mais la seule prise de courant était occupée par la lampe ; j'allai chercher chez nous une double prise pendant qu'on faisait sa piqûre à Mme Schneider.

A mon retour dans la chambre, elle avait repris connaissance.

— Confessez vos fautes à votre mari, lui conseilla le docteur Lévy.

— Oui, libère-toi, implora M. Schneider.

Elle fit un signe de tête à peine perceptible.

Le médecin nous fit sortir, Frédéric et moi. Maman nous suivit. J'eus le temps de voir M. Schneider se pencher sur sa femme. Mais immédiatement sa voix retentit, suppliante :

— Docteur, Frédéric !

Tous deux se précipitèrent, nous les suivîmes lentement, Maman et moi. De la porte je jetai un coup d'œil. Le docteur Lévy était à plat ventre à côté de Mme Schneider, il se releva avec beaucoup de précaution et chercha son chapeau. Lorsqu'il l'eut trouvé il s'en coiffa. Le visage de Mme Schneider était tout gris, sa respiration courte et précipitée. La patiente se dressa sur sa couche, la tête ballante. Elle gémissait et ses mains se crispaient sur sa poitrine.

Le docteur Lévy se mit alors à prier d'une voix étrangement chantante :

— Écoute Israël, Yahweh, notre Dieu, est seul Yahweh.

Maman joignit les mains. M. Schneider et Frédéric se couvrirent eux aussi et unirent leurs voix à celle du médecin :

Loué soit le nom de sa Puissance, éternellement.
Loué soit le nom de sa Puissance, éternellement.
Loué soit le nom de sa Puissance, éternellement.

A la fin M. Schneider, désespéré, poursuivit tout seul :

Dieu seul est le maître du monde.
Dieu seul est le maître du monde.

Et il reprit plus bas, dans un murmure :

Dieu seul est le maître du monde...

Mme Schneider gisait, immobile. Le docteur Lévy se pencha vers elle. Il se releva en haussant les épaules.

M. Schneider, Frédéric et lui chantèrent alors à voix basse :

Loué sois-tu, Juge de la Vérité.

A ce moment M. Schneider s'effondra à genoux devant la couche de sa femme, saisit à deux mains le col de sa chemise et la déchira. Il s'affaissa en sanglotant. Frédéric déchira lui aussi sa chemise et se jeta en pleurant sur sa mère.

Le docteur Lévy tira une bougie de sa poche et l'alluma au chevet de la morte.

Chapitre 21

Les lampes
1939

M. Schneider avait fait réparer la porte brisée de son appartement. On lui avait tout fait payer, même les rosiers desséchés du jardin de M. Resch, car ils avaient pâti de la chute des armoires et de leur contenu.

Je sonnai. Des pas furtifs s'approchèrent et M. Schneider jeta un coup d'œil méfiant par la fente. A ma vue il prêta l'oreille aux bruits de l'escalier, ouvrit la porte vivement et m'attira dans l'appartement. Il ne me dit bonjour qu'après avoir refermé.

— Je voulais seulement vous donner une lettre qu'on a mise par erreur dans notre boîte.

M. Schneider approuva sans parler. Lorsqu'il

prit la lettre, ses mains tremblaient. Elles étaient sales. S'en apercevant il les essuya au tablier à fleurs qui l'enveloppait et bredouilla un merci.

Nous restions indécis dans le couloir. M. Schneider regardait la lettre mais ne l'ouvrait pas. J'avais très envie de m'en aller. Je demandai si Frédéric était là.

— Il travaille, répondit M. Schneider et il m'indiqua la cuisine ; il m'y précéda d'un air las et me poussa à l'intérieur, tenant toujours sa lettre à la main.

La cuisine ressemblait à une fabrique de lampes. Il y en avait partout, de toutes les sortes. D'un côté de la pièce des lampes sales, tordues, cassées, de l'autre des lampes étincelantes, comme neuves et au milieu se tenait Frédéric assis à la table de la cuisine. Devant lui, à portée de la main, étaient disposés avec ordre rouleaux de fil de fer, pot de colle, pot de peinture, produits de nettoyage, échafaudage d'ampoules de puissance différente. Dans la poche de son tablier un certain nombre de tournevis, de pinces et de couteaux, car Frédéric portait un tablier de cuisine tout comme son père.

— Que fabriques-tu donc ? demandai-je bêtement.

— Tu le vois bien, nous réparons des lampes.

M. Schneider reprit sa place devant la table et commença à nettoyer avec un chiffon une des lampes rouillées. Pendant tout le temps que je parlais avec Frédéric, il resta juché sur son tabouret, courbé en deux, sans détacher les yeux de son ouvrage.

— Comme Papa n'a plus la possibilité de travailler, il faut bien que je subvienne à nos besoins. Papa va chercher chez toutes nos relations de vieilles lampes et nous les arrangeons.

J'inspectais la pièce toujours avec le même étonnement. En quelques tours d'écrou, Frédéric démonta une lampe à pied. Il vérifia en spécialiste le fil, examina la jonction à la douille, resserra une vis, remonta le tout, mit en place une ampoule neuve, pressa le commutateur en guise d'essai et mit l'objet de côté avec un hoche-

ment de tête satisfait. Mais il repoussa vers son père une applique en émettant avec entrain la constatation qu'il leur fallait l'astiquer mieux, car leurs clients voulaient du travail bien fait et ne les recommanderaient à personne s'ils n'étaient pas satisfaits. Et le mieux pour eux n'était-il pas de se voir confier le plus grand nombre possible de lampes ?

Un instant après, il me demanda :

— Ne connais-tu personne qui pourrait nous faire travailler ? Nous ne prenons pas cher.

Je l'assurai que je demanderais autour de moi. Je me sentais mal à l'aise dans cette cuisine froide, elle était terriblement vide et M. Schneider comme Frédéric me semblaient si changés. Ce Frédéric que j'avais devant moi m'était étranger, inconnu. J'allais partir lorsque je mis le pied sur la lettre que M. Schneider avait laissé tomber et qui n'avait toujours pas été ouverte.

Je le rappelai à M. Schneider et la lui tendis.

— Donne, me dit impérieusement Frédéric et je la lui abandonnai, car M. Schneider ne faisait pas un geste pour la prendre. Déchirant l'enveloppe de ses doigts sales, il en arracha la lettre et lut. Son visage se décomposa soudain, il fixa de grands yeux, pleins de détresse, sur son père, et il y avait du désespoir dans sa voix lorsqu'il dit :

— M. Resch nous a dénoncés.

M. Schneider se leva, serra contre lui la tête de Frédéric, lui caressa les cheveux et lui dit, en essayant de le consoler :

— C'est dur, mon petit, mais ne te fais pas de soucis, rien ne peut nous atteindre tant qu'il ne nous oblige pas à aller habiter ailleurs.

Désarmé comme un petit enfant, Frédéric, cet adolescent de quatorze ans maintenant, pleurait la tête sur ses deux bras, appuyé sur la table de la cuisine...

M. Schneider me prit par l'épaule et me reconduisit à la porte. Avant de me laisser partir il tendit l'oreille. Il me serra la main, je pouvais aller. Mais comme j'allais descendre, M. Schneider se glissa derrière moi et me dit tout bas :

— Reviens bientôt, et il ajouta encore cette prière : Surtout ne nous trahis pas, ou l'on nous prendra tout.

Chapitre 22

Le cinéma
1940

Au-dessus de l'entrée, on lisait en lettres gigantesques : «Süss, le Juif». De chaque côté étaient représentées des têtes de Juifs barbus avec des boucles sur les tempes. On donnait ce film depuis huit semaines déjà. Des écoles entières, des unités de police y venaient en rangs serrés. Tous devaient l'avoir vu ; et la guerre ayant considérablement restreint les distractions, le cinéma restait un des divertissements essentiels de la ville. Un film qui avait tant fait parler et tant fait couler d'encre attirait forcément tout le monde.

Frédéric m'attendait près de la devanture de la petite fabrique de savons.

Dans mon groupe de «Jeunesse hitlérienne» on m'avait déjà rappelé à l'ordre une fois parce que je fréquentais un Juif. Depuis nous fixions nos rendez-vous à des endroits où nous ne craignions pas de rencontrer des gens de connaissance.

— J'ai regardé les photos, dit Frédéric, et je suis bien content que tu m'emmènes. Tout seul je n'aurais pas osé y aller.

Tandis qu'il lisait les comptes rendus affichés sur les panneaux, j'allai à la caisse. Sous le tableau des prix s'étalait la bande : «Interdit aux moins de quatorze ans. »

Je pris deux entrées. Il fallait parfois montrer sa carte d'identité à la caisse et on ne vous laissait pas entrer si vous n'aviez pas quatorze ans, mais cette fois personne ne me demanda ma carte. C'était justement ce que Frédéric redoutait, nous avions bien tous les deux quinze ans déjà, mais Frédéric ne possédait qu'une carte d'identité juive.

— Les as-tu ? me demanda-t-il à voix basse en regardant autour de lui d'un air craintif.

Je fis oui de la tête et je m'approchai lentement de l'entrée, les deux tickets à la main, avec une assurance feinte. Frédéric me suivit, mais s'arrangea pour que je le masque aux regards de la personne qui vérifiait les tickets. Elle non plus ne demanda pas les cartes d'identité, elle ne nous regarda même pas, murmurant d'une voix routinière :

— A gauche, s'il vous plaît !

Elle nous laissa entrer. Frédéric poussa un soupir de soulagement.

— Cette comédie me met mal à l'aise ; mais un film de ce genre a vraiment de l'importance pour moi.

Nous pénétrâmes dans la pénombre de la salle, là une ouvreuse nous conduisit à nos places. Frédéric la remercia fort courtoisement, elle eut un sourire amical. Il était encore très tôt et nous trouvâmes une bonne place au milieu de la rangée bien en face du rideau. Quelques spectateurs seulement occupaient d'autres rangs, mais Frédéric regarda tout autour de lui avant de s'asseoir dans son fauteuil. Puis il étira ses jambes et prit plaisir à s'installer dans ce fauteuil confortable et rembourré.

— C'est la première fois que je vais au cinéma depuis la mort de Maman, murmura-t-il. Et quel film ! Je suis heureux que Maman n'ait pas vécu les événements de ces deux dernières années. Cela ne va pas à la maison, mais pas seulement à cause de la guerre.

La salle s'emplissait peu à peu. A droite et à gauche les places étaient maintenant occupées. En ce début d'après-midi, l'assistance était essentiellement composée de jeunes. Les ouvreuses fermèrent les portes ; on attendait l'extinction des lumières... Le grand éclairage central flamboya soudain et une voix se fit entendre dans le haut-parleur :

— Les jeunes sont priés de préparer leur carte d'identité.

Frédéric avait blêmi, il s'agitait, inquiet, sur son siège. Il observa l'ouvreuse, puis ses yeux mesurèrent du regard notre rangée. Je le calmai :

— Qu'as-tu à t'agiter ? Elles vérifieront simplement si nous avons plus de quatorze ans, laisse-moi faire, tu n'auras pas besoin de montrer ta carte.

Mais Frédéric se faisait de plus en plus remarquer, nos voisins nous regardaient, cela devenait pénible. A la fin il se pencha vers moi et me dit à l'oreille :

— Il y a une chose que je t'ai cachée ; nous autres Juifs, nous n'avons pas le droit d'entrer dans les salles de cinéma. C'est interdit. Si on me découvre, je file, aide-moi à disparaître.

L'ouvreuse se frayait un passage dans le rang devant nous ; Frédéric hésitait encore, elle s'approcha, Frédéric bondit. « Halte ! » cria-t-elle, mais il chercha à passer quand même, les jambes de nos voisins de rangée l'en empêchèrent.

L'ouvreuse le rattrapa :

— Je connais ça, fit-elle, on disparaît pendant la vérification des cartes et on revient dans la salle dès que l'obscurité se fait.

Je vins me mettre à côté de Frédéric.

— Montre-moi ta carte d'identité, ordonna l'ouvreuse à Frédéric, tu pourras aller ensuite où bon te semble.

Je m'avançai en lui tendant la mienne :

— La voilà.

— Ce n'est pas à toi que je parle, mais à ce garçon-là.

— Nous sommes ensemble.

Ces mots m'échappèrent et je les regrettai aussitôt.

L'ouvreuse ne m'écoutait pas. Frédéric tremblait, rouge comme un coq, il bégaya :

— Je l'ai oubliée.

Mais cette explication ne pouvait convaincre l'ouvreuse.

Frédéric se fit suppliant :

— Je vous en prie, je voudrais partir, je pars de moi-même.

L'ouvreuse le toisa du regard :

— Quelque chose ne va pas?

— Si, si, assura Frédéric.

D'un geste rapide l'ouvreuse le saisit par le revers de sa veste, plongea dans sa poche.

— Et cela, qu'est-ce que c'est? dit-elle.

Elle tira l'étui qui contenait sa carte d'identité.

— Donnez-moi ma carte, je veux ma carte, criait Frédéric en essayant de lui arracher l'étui, mais elle se rejeta en arrière, le mettant hors de sa portée.

Frédéric se démenait comme un fou, l'ouvreuse examinait la carte. Alors son visage se fit grave, elle rendit sans hésiter sa carte à Frédéric et lui ordonna de la suivre.

Il se glissa dans le rang jusqu'à la porte latérale; je marchais sur ses talons, poursuivi par les regards de tous les spectateurs.

Dans l'allée, l'ouvreuse prit Frédéric par le bras et le fit sortir.

Elle lui dit alors sur un ton de reproche :

— En as-tu assez de la vie? Tu voudrais être envoyé en camp de concentration que tu ne t'y prendrais pas autrement... Allez, sors!...

Derrière nous la lumière s'éteignait dans la fanfare triomphale des actualités.

Chapitre 23

Bancs verts et bancs jaunes
1940

Au beau milieu de la ville Frédéric surgit soudain devant moi :

— Peux-tu me consacrer un moment ? Je voudrais te raconter quelque chose que Papa ne peut
pas comprendre, d'ailleurs il n'écoute pas vraiment. Il faut que je le dise à quelqu'un sinon je n'y
tiendrai plus. Je t'assure que ce ne sera pas long !

« Ça a commencé il y a quatre semaines à peu
près. Je devais aller aux environs chercher une
livre de pâtes qu'un ami nous avait promise.

« Je suis passé devant la vieille église, puis j'ai
longé la rue bordée d'arbres, dans laquelle le tram
file sur la gauche. Tous les arbres sont des tilleuls
et ils étaient en fleurs. J'étais déjà parvenu au

167

bâtiment de briques sans faire attention à ma route. Je regardais simplement devant moi et tout d'un coup j'ai aperçu une jeune fille. Elle avait de tout petits pieds et des cheveux noirs. J'ai marché derrière elle un bon moment et j'ai regardé de près sa manière de poser les pieds, de balancer la tête et de porter un filet chargé. Dans le filet il y avait des pommes, tu sais, des pommes ridées. J'en aurais bien voulu. S'il y en a une qui tombe, pensai-je, je la fais disparaître. Au moment où je m'imaginais cela, le filet craque et toutes les pommes roulent sur la chaussée.

« La jeune fille se retourne, porte une main à sa bouche en disant : "Sale filet de guerre." Ses yeux étaient gris, légèrement teintés de bleu, cela allait bien avec ses cheveux noirs, elle était ravissante.

« Je l'ai aidée à ramasser les pommes que nous avons remises dans le filet ; mais comme on ne pouvait pas le réparer, nous l'avons porté ensemble jusque chez elle.

« Elle s'appelle Helga. Son père est mobilisé et elle travaille dans un jardin d'enfants. Elle était allée à la campagne pendant son jour de congé, échanger contre les pommes des poignées pour les casseroles qu'elle avait fabriquées elle-même. Arrivée devant chez elle, elle a eu un regard très aimable en me remerciant et en me disant au

revoir. Elle m'a donné une de ses pommes ; mais je ne l'ai pas mangée, je la conserve encore en souvenir.

« Ensuite, je suis reparti rapidement chez nos amis chercher les pâtes. En rentrant je suis passé devant le jardin d'enfants et j'ai demandé à quelle heure elle termine son travail. Depuis lors je l'ai attendue chaque soir. Quand elle sortait, je m'arrangeais pour qu'elle me voie. Dès qu'elle me regardait, je la saluais. Elle a d'abord ouvert de grands yeux, cela la rendait encore plus jolie. A la troisième fois elle a commencé à sourire. La nuit maintenant je ne rêve plus que d'Helga...

«Au bout d'une semaine, elle m'a autorisé à l'accompagner le soir jusqu'à la porte de sa maison. Tu ne peux pas savoir comme j'étais content. Nous n'avons jamais beaucoup parlé. Pouvoir seulement marcher l'un près de l'autre, c'était déjà tellement beau. Parfois Helga me regardait comme cela, de côté, j'en aurais fait des bonds de joie.

«Helga connaissait mon nom. Cela mis à part, elle ne savait rien de moi; et je ne pouvais rien lui dire, sinon je n'aurais pu continuer à aller la chercher.

«Dimanche, il y a quinze jours, nous nous sommes donné notre premier rendez-vous, nous voulions nous retrouver au jardin public. Figure-toi que pendant tout ce temps, Papa aurait bien voulu savoir ce que j'avais à faire dehors chaque soir à la même heure. Quand il a vu que je me faisais beau, il a secoué la tête en disant :

«— Songe à ce que tu fais, Frédéric.

«Mais il n'a rien ajouté. Il s'est détourné en silence... je suis parti.

«Il faisait un temps splendide. Les roses fleurissaient tout juste. Le jardin public était presque désert, quelques mères de famille promenaient des voitures d'enfants. Helga avait une robe rouge sombre, et, avec ça, ses cheveux noirs et ses yeux gris ! Quand je la regardais cela me faisait quelque chose ! Je lui avais apporté un petit recueil de poèmes. Elle en montra une telle joie que j'en étais gêné. Nous circulions dans le jardin. Helga récitait des poèmes ; elle en connaît une quantité par cœur.

« J'avais toujours choisi des chemins écartés où nous risquions le moins possible de rencontrer quelqu'un. Après avoir marché pendant quelque temps, Helga voulut s'asseoir. Je ne savais que faire. Je ne pouvais pourtant pas le lui refuser. Avant que j'aie pu trouver une solution, nous étions arrivés à un banc vert et Helga s'assit tout simplement. Je faisais le tour du banc, dansant d'un pied sur l'autre, sans oser m'asseoir et j'épiais sans cesse si quelqu'un venait.

« — Pourquoi ne t'assieds-tu pas ? me demanda Helga ; et je ne trouvais aucune excuse. Quand elle me dit : "Assieds-toi", je n'eus plus qu'à m'asseoir.

« Mais je n'étais pas tranquille... Si quelqu'un venait à me reconnaître au passage ? Je ne pouvais pas rester en place. Helga s'en aperçut ; elle tira de sa poche une petite barre de chocolat et m'en donna un morceau. Depuis combien de temps n'avais-je pas mangé de chocolat ? Pourtant dans mon énervement il ne m'a pas paru bon. J'ai même oublié de la remercier.

« Helga tenait sur ses genoux le petit livre de poèmes, elle ne lisait pas, elle me regardait. De temps en temps elle me posait une question, mais je ne sais plus ce que j'ai répondu, je mourais de peur sur ce banc vert.

« Tout d'un coup Helga s'est levée, elle m'a pris par le bras et m'a entraîné. Non loin de là nous avons trouvé un banc jaune sur lequel était écrit : "Réservé aux Juifs." Helga s'est arrêtée devant ce banc et m'a demandé :

« — Serais-tu à ton aise si nous étions assis ici ?

« J'eus un moment d'effroi ; comment savait-elle ?

« Helga s'est assise sur le banc jaune en disant :

« — Je m'en doutais.

« Elle énonçait cela comme une simple évidence, mais je ne pouvais pourtant pas rester avec elle sur ce banc. Je l'en ai arrachée et l'ai reconduite chez elle. Pour un peu j'aurais sangloté de déception. Ce beau dimanche dont j'avais tellement rêvé ; mais j'étais hors de moi, et il n'était plus possible pour nous de poursuivre cette promenade la main dans la main, en nous parlant, comme au début.

« Tout le long du chemin Helga s'est comportée comme s'il était tout naturel de sortir avec un Juif. Elle m'a parlé de sa famille, des enfants, du jardin d'enfants, des vacances. Elle avait pris ma main et la gardait. J'aurais voulu lui sauter au cou en pleurant. J'étais trop ému, trop ahuri pour faire ou dire quoi que ce soit de raisonnable.

« A la porte de chez elle, Helga m'a regardé longuement dans les yeux, puis elle m'a dit :

« — Dimanche prochain, nous sortirons encore tous les deux ; mais nous ne nous donnerons pas rendez-vous au jardin public. Nous prendrons le tram et nous irons jusqu'au bois ; là il n'y a pas de bancs jaunes.

« Je voulais l'en dissuader ; mais pendant que je parlais, elle m'a tout simplement embrassé et a disparu dans la maison.

« J'ai marché à travers la ville toute la soirée et pendant la moitié de la nuit ; je suis rentré bien après le couvre-feu !... Par bonheur je ne me suis pas fait prendre, mais Papa n'était pas content.

« Je me suis demandé toute la semaine si je devais aller ou non au rendez-vous le dimanche suivant. Finalement je n'y suis pas allé, c'est impossible, elle serait envoyée en camp de concentration si on nous voyait ensemble. »

Chapitre 24

Le rabbin
1941

Une tante nous avait fait cadeau d'un petit sac de pommes de terre. Dans la soirée, j'aidai Maman à ranger ce trésor. Il en resta une petite corbeille que Maman mit de côté pour les Schneider. Elle prêtait l'oreille et lorsque nous entendîmes des pas au-dessus de nous, elle m'envoya là-haut avec la corbeille. Je montai, sonnai et attendis.

Comme personne ne se montrait je sonnai encore, mais rien ne bougea à l'intérieur.

— J'aurais juré qu'ils étaient là, dit Maman quand je fus redescendu ; si nous entendons quelqu'un monter, tu feras un nouvel essai. Mais peut-être ne veulent-ils pas qu'on les dérange tout simplement.

Peu après Frédéric passa dans l'escalier, je connaissais son pas. Je saisis vite le panier mais ne pus rattraper mon ami. La porte de l'appartement se referma sur lui.

Il me fallut remonter, sonner, et, cette fois encore, vainement.

Quand j'eus sonné trois fois, je posai la corbeille et frappai en appelant :

— Frédéric, Frédéric ! car j'étais sûr maintenant qu'il y avait quelqu'un dans l'appartement.

La porte s'ouvrit enfin. Ce n'était pas Frédéric mais M. Schneider. Il me regarda avec un air contrarié puis m'attira rapidement à l'intérieur, si rapidement que la corbeille resta dehors ; je dus ressortir pour prendre les pommes de terre.

Une fois dans l'entrée j'expliquai :

— Je venais vous apporter des pommes de terre.

M. Schneider conserva son air peu aimable en me demandant la raison d'un tel vacarme. J'essayai de me défendre :

— J'ai sonné au moins dix fois, personne n'est venu ; pourtant nous avions entendu qu'il y avait quelqu'un dans l'appartement, c'est pour cela que j'ai frappé.

Frédéric apparut à son tour dans le couloir, il me fit un signe de tête et me déchargea de la corbeille en disant à son père :

— Pourquoi te mettre en colère contre lui ? Tu devrais être heureux et reconnaissant de l'arrivée de ces pommes de terre. Tu sais combien elles vont nous être utiles.

M. Schneider se détourna et jeta à Frédéric :

— De quoi te mêles-tu ? Tu es encore loin d'avoir l'âge requis pour me parler sur ce ton.

Mais Frédéric ne se laissa pas réduire au silence.

— Ce n'est pas ma faute si tu perds la tête dès qu'on te demande quelque chose.

M. Schneider éleva la voix :

— Ce n'est pas moi qui perds la tête, mais toi, sinon tu ne parlerais pas de la sorte à ton père.

Il avait le souffle rapide et agité.

— Si tu avais tous tes esprits, tu ne hurlerais pas ainsi, repartit Frédéric ; mets-toi donc à la fenêtre et crie-le donc sur les toits, ce qui te met dans tous tes états !

Décontenancé, presque en larmes, M. Schneider répondit :

— Oui, je n'y peux rien, cela m'inquiète, j'ai peur, je meurs de peur.

D'une voix sifflante, Frédéric demanda :

— Et tu voudrais le chasser dans la rue, le livrer pour être tranquille? Pouah!

Le père de Frédéric semblait littéralement à bout de nerfs, Frédéric le regardait maintenant avec tristesse, ils m'avaient apparemment oublié.

La porte de la salle à manger s'ouvrit doucement, un homme âgé, barbu, sortit; il fit à ma vue un geste d'effroi mais il se ressaisit et dit d'une voix tranquille :

— Je ne veux susciter ni dispute ni angoisse, je pars.

— Non, crièrent Frédéric et son père presque ensemble.

M. Schneider se posta bras écartés devant la porte d'entrée, son visage était encore humide de larmes mais il criait :

— Non, *Rabbin*, vous restez.

Le rabbin eut un léger hochement de tête en me désignant :

— C'est trop tard maintenant, il m'a vu.

Frédéric vint se mettre à mon côté.

— Je réponds de lui, il ne nous trahira pas.

Mais le rabbin n'était pas convaincu.

— Trop de gens sont dans le secret, cela ne vaut rien. Pourquoi les mettrais-je tous en danger? Je suis vieux. Je supporterai tout, et l'Éternel — qu'Il soit loué! — m'y aidera.

M. Schneider s'était repris, il nous fit passer du vestibule dans la salle à manger et se mit à m'expliquer tout ce mystère :

— Monsieur est un rabbin vénéré.

Le rabbin fit un signe de dénégation et poursuivit :

— On me recherche, je me suis caché chez les Schneider, mais je ne m'éterniserai pas ; d'autres amis m'aideront maintenant.

Nous étions face à face, il me regarda.

— Tu sais ce qui m'attend si l'on me fait prisonnier, si Dieu — loué soit Son nom ! — me prend en pitié, ce sera la mort, sinon des souffrances indicibles ; et ce n'est pas seulement moi que ce sort menace mais ceux aussi qui m'ont hébergé, caché au prix de leur liberté et de leur vie.

Je regardais devant moi sans répondre.

— Je sais aussi, continua le rabbin, ce qui peut t'arriver si tu ne nous dénonces pas. Ce serait terrible pour toi et cela ne nous aiderait en rien. Toi seul dois décider de mon sort. Si ce fardeau est trop lourd pour toi, dis-le-moi pour que nous sauvions au moins Frédéric et son père. Je ne te maudirai pas si tu m'ordonnes de partir.

M. Schneider, le rabbin et Frédéric me regardaient, ils attendaient ma décision. Je ne savais que faire. Le rabbin était pour moi un étranger. Et ma mère et mon père, ne m'étaient-ils pas plus proches que ce Juif ? Devais-je me mettre en danger, et mettre en danger mes parents pour un étranger ?

Ne me trahirais-je jamais en parlant, saurais-je porter le secret ou en souffrirais-je comme M. Schneider ?

Je tardais à répondre, les trois visages, anxieux, se faisaient plus pressants.

— Je ne sais que faire, dis-je tout bas, je ne sais vraiment pas...

Chapitre 25

Étoiles jaunes
1941

L'obscurité était totale dans l'escalier.

Je frappai selon le signal convenu : un coup, une longue pause, deux coups, une brève pause, trois coups. J'entendis à l'intérieur des bruits furtifs. On ouvrit une porte, tout demeurait obscur, une main frôla le bois, le pêne grinça, entre le cadre et la porte une fente noire allait en s'élargissant. Je dis mon nom à voix basse; alors on ouvrit un peu plus, je me glissai dans l'entrebâillement et j'attendis dans le couloir sombre que l'on ait refermé sans bruit. Une main effleura ma manche, me saisit et m'entraîna. Il me sembla

reconnaître le rabbin. Nous nous glissâmes dans la salle à manger. Le rabbin gratta à la porte qu'il poussa. Il n'y avait pas de lumière non plus dans cette pièce ; après notre arrivée, on fit flamber une allumette et on alluma une bougie.

L'aspect de cette salle à manger était désolant. Toutes les fenêtres étaient pourvues de rideaux épais. Des taches plus claires sur le mur rappelaient seules l'emplacement des meubles disparus. Par terre, un lit de fortune, fait de vieilles couvertures, d'un matelas et de chiffons. La table, au milieu, semblait être la seule pièce d'ameublement encore utilisable, et, sur cette table, la bougie brûlait, posée dans un chandelier de cérémonie en argent. Je demandai où était Frédéric. M. Schneider, assis derrière la table, haussa les épaules d'un air las et me répondit :

— Il est allé chez des amis ; le couvre-feu l'y aura surpris ; il y restera jusqu'à demain matin.

Le rabbin se rassit et ramassa par terre un vieux manteau.

— Tes yeux sont meilleurs que les miens, peux-tu enfiler mon aiguille ? me demanda-t-il, en me tendant une aiguille et un morceau de fil noir. Pendant que je m'efforçais d'introduire le fil dans le chas de l'aiguille, il me dit :

— Nous en sommes là, il nous faut maintenant

porter une étoile jaune. Il me montrait du doigt un tas d'étoiles jaunes, sur la table.

Ces étoiles jaunes, bordées de noir, grandes comme la paume de la main, devaient être fixées sur le côté gauche de la poitrine. Elles avaient la forme de l'étoile de David, le mot « Juif » était tissé au milieu, en caractères qui imitaient les caractères hébreux.

M. Schneider se leva alors ; tel un acteur sur la scène, il s'inclina devant moi, dénoua son châle et le suspendit à une chaise. De la main droite il montra son côté gauche. Sur le manteau : une étoile jaune ; il déboutonna son manteau. Sur sa veste : une étoile jaune ; il ouvrit sa veste. Sur son gilet : une étoile jaune.

— Jadis les Juifs devaient porter un chapeau pointu de couleur jaune, railla-t-il, cette fois c'est une étoile, mais elle est toujours jaune. Nous voilà revenus au Moyen Age.

— Et sous peu, poursuivit le rabbin, sous peu, on nous brûlera peut-être comme au Moyen Age.

— Et pourquoi ? demandai-je.

— Pourquoi ? Il est écrit dans le ciel qui sera élevé et qui sera abaissé. Le Seigneur — Son nom est saint ! — nous a choisis parmi tous les peuples. On nous persécute, on nous tue parce que nous ne sommes pas comme les autres.

M. Schneider se rassit et m'indiqua de la main la caisse sur laquelle Frédéric prenait place d'ordinaire.

Le rabbin lissa paisiblement l'étoile qu'il venait de coudre, posa l'aiguille et retira ses lunettes. Son regard se perdait dans l'obscurité au-delà de la flamme charbonneuse de la bougie...

Chapitre 26

Ouvrez ! Police...
1941

Nous étions tous au lit quand nous entendîmes du bruit au bas de la maison. Plusieurs hommes montaient l'escalier ; ils s'arrêtèrent au deuxième étage et sonnèrent. Comme personne ne venait ouvrir, ils se mirent à marteler la porte avec leurs poings en criant :

— Police, ouvrez !

Rien ne bougea dans l'appartement des Schneider. Papa et Maman enfilèrent un manteau et allèrent dans le couloir. Je les suivis. Ils écoutaient, tremblants, derrière la porte.

Nous entendîmes M. Resch qui criait d'en bas :

— Un instant, s'il vous plaît, ne défoncez pas

la porte. J'ai une deuxième clef; je vais vous ouvrir.

Il se hissa le long de la rampe en soufflant.

— Le cochon! dit Papa.

Au-dessus de nous, on venait d'ouvrir la porte; elle se rabattit avec un craquement. On cria : « Haut les mains », puis ce fut le silence, mais des pas lourds résonnaient sur nos têtes.

Papa ordonna : « Sortons. » Nous nous postâmes tous trois sur le palier. Bientôt, le premier des policiers apparut; il portait une casquette et un loden.

— Filez, nous lança-t-il en plein visage.

Papa saisit Maman par le bras et nous restâmes.

Le rabbin suivait; on lui avait passé les menottes. Un homme, encore jeune, qui le tenait enchaîné, nous sourit au passage. Le rabbin regarda Papa, me regarda et baissa la tête.

M. Schneider descendit le dernier; il était escorté d'un petit homme en culotte de cheval, qui le tenait soigneusement par les menottes. En apercevant Papa, M. Schneider dit à haute voix :

— *Vous aviez raison...*

Il tituba sous le coup de poing que le petit homme lui assena sur la bouche et se tut; du sang coulait de sa lèvre inférieure; il nous regarda tous

encore une fois, puis, résigné, haussa les épaules et
se laissa entraîner par le petit homme.

Là-haut, on fermait la porte à clef.

— Il en manque un, glapit M. Resch, vous en
avez oublié un.

— Ta gueule ! ordonna une voix claire. Et un

homme svelte descendit l'escalier en courant ; il avait à la main un dossier rouge. En nous voyant sur le palier, il pointa le doigt en direction de notre porte :

— Vous, disparaissez ! nous dit-il impérieusement.

Quand tout fut terminé, M. Resch, haletant, descendit enfin. Il était en tenue de nuit. Il se frotta les mains tout souriant et dit à Papa :

— Nous voilà débarrassés de locataires importuns ; et par-dessus le marché, nous avons capturé un bel oiseau.

Papa lui tourna le dos sans répondre, nous poussa dans l'appartement et lança la porte derrière lui à toute volée ; les vitres en tremblèrent.

Chapitre 27

Un pilleur d'épaves
1941

Personne ne dormit cette nuit-là.

Papa se tournait et se retournait avec impatience dans son lit, Maman pleurait et moi, je pensais à M. Schneider.

Le lendemain, nous étions tous debout très tôt, bien qu'aucun de nous n'eût à sortir.

— Il nous faut arrêter Frédéric au passage lorsqu'il rentrera, dit Maman. Il ne doit pas rentrer dans l'appartement comme cela, sans avoir été prévenu.

Maman n'eut pas le courage de déjeuner, Papa se contenta de boire un peu de café ; je fus chargé de veiller, assis derrière la porte d'entrée ; on m'y apporta mon petit déjeuner. Tout en mangeant, j'écoutais les bruits de l'escalier. Il régnait une grande agitation, des portes claquaient ; j'entendis des bruits de pas, mais je connaissais le pas de Frédéric ; ce n'était pas lui. Quand j'eus fini mon repas, je rassemblai la vaisselle et la portai à la cuisine. A cet instant précis, Frédéric escalada l'escalier. Maman chuchota avec un regard horrifié :

— C'est Frédéric.

La terreur la paralysait. Hors de moi, je cherchais un endroit où poser ma vaisselle, je finis par la mettre dans les mains de Maman.

— Cours, me dit-elle dans un souffle.

Je bondis à la suite de Frédéric.

Il devait être déjà dans l'appartement et la porte était restée ouverte ; j'entrai à sa recherche.

Il était dans la salle à manger ; jambes écartées, il barrait l'entrée, les yeux fixés sur M. Resch. Celui-ci était à genoux, blême de peur, le visage tourné vers Frédéric ; il s'appuyait de la main droite sur un matelas et levait la main gauche comme pour se défendre. Il était figé à cette place ; on eût dit une statue de pierre, seuls ses doigts tremblaient légèrement. A terre, le sac à provisions de Mme Resch était rempli des livres de M. Schneider, deux lampes en dépassaient, une couverture cachait le reste ; on apercevait les chandeliers d'argent, car ils étaient trop grands pour tenir dans le sac. Le sol de la pièce était jonché de papiers, de photos, de lettres ; on les avait examinés avec soin, puis dispersés. Une des caisses qui servait de siège aux Schneider était en attente, pleine d'ustensiles de cuisine près de la porte ; on allait l'emporter. La petite boîte à outils de M. Schneider était posée dessus. La pièce était complètement silencieuse, pas un souffle ; au-dehors, dans la rue, des gens parlaient. Ici, à l'intérieur, le silence était terrible ; une voiture passa... Mon cœur se mit à battre très fort. Je n'osais plus bouger.

Frédéric cria soudain à M. Resch :

— Pilleur d'épaves..., et il lui cracha au visage. Le crachat glissa lentement de la joue de M. Resch sur sa bouche. Il s'essuya avec sa manche et commença à respirer par saccades ; un flot de sang empourpra son visage, tout son corps se mit à trembler.

Sa main passa à côté du chandelier d'argent ; il recommença son geste et cette fois saisit l'objet. Frédéric était toujours dans l'encadrement de la porte, il ne cilla même pas. Prenant appui avec peine, M. Resch se releva. La respiration sifflante, il tituba en direction de Frédéric, en brandissant le chandelier. Frédéric ne bougeait pas...

M. Resch poussa un cri strident :

— Au secours ! à l'assassin !

Frédéric se retourna calmement, sans hâte, m'aperçut ; je voulais lui faire signe.

— Un Juif ! Police, arrêtez-le !... croassa M. Resch.

Frédéric inclina la tête dans ma direction, passa devant moi d'un bond, dégringola l'escalier et disparut.

Chapitre 28

La photo
1942

— Cette Mme Adamek marche comme un éléphant, constata Papa; c'est incroyable ce que ces gens peuvent être bruyants.

Maman détacha les yeux de son tricot et se contenta de hocher la tête. Papa reprit son journal, puis il regarda l'heure et déclara :

— Dans une heure « ils » seront là.

Les trois petites valises contenant l'indispensable étaient préparées près de la porte, nos manteaux étaient posés sur le dossier d'une chaise.

— Ne veux-tu pas t'étendre encore un peu auparavant? demanda Maman.

— Non, je ferai un somme plus tard, dans l'abri.

Le silence retomba, troublé seulement par le tic-tac de la pendule. Je continuai ma lecture, mais soudain je perçus un bruit léger, très léger. Je prêtai l'oreille. Personne, sauf moi, ne semblait avoir remarqué quoi que ce soit. Le bruit reprit : on frappait discrètement. Papa, à son tour, leva la tête.

— N'a-t-on pas frappé ?

Retenant notre respiration, nous écoutions. On frappa encore à la porte, mais si faiblement que cela en devenait presque inquiétant. Je bondis, venant de reconnaître le signal de Frédéric.

— Du calme, reste ici, ordonna Papa en m'obligeant à me rasseoir ; Maman va aller voir.

Maman disparut sans bruit et revint suivie de Frédéric.

Frédéric avait relevé le col de son manteau raide de boue. Il s'approcha de la table, tendit la main à mon père, puis à moi. Cette main, elle aussi, était sale.

Il examina avec angoisse nos visages, regarda la pièce autour de lui et chuchota :

— Je m'en vais tout de suite.

— Assieds-toi d'abord un peu, déclara Papa.

Mais Frédéric refusait ; il ne voulait même pas retirer son manteau. Lorsqu'il s'y décida enfin, on put voir alors des plaques de boue sur son panta-

lon et sur sa veste. Maman quitta la pièce ; Frédéric tressaillit. Papa ne disait rien, ne demandait
rien, mais son regard encourageait Frédéric à
parler. Il fut pourtant long à se décider ; il commença enfin en phrases hachées :

— J'ai une cachette, mais je ne vous dirai pas
où, ajouta-t-il d'un air provoquant.

— Cela n'est pas nécessaire non plus, répondit
Papa pour l'apaiser.

— C'est terrible... Tout seul... Je ne peux
penser qu'aux jours d'autrefois... Mais j'ai

oublié tant de choses. Je ne peux même plus me représenter vraiment Papa et Maman ; il ne me reste plus aucun souvenir ; j'ai dû vendre ma montre... Je n'ai plus que ça...

Il tira de sa poche intérieure le capuchon du stylo qui portait son nom : c'était notre maître, M. Neudorf, qui lui avait offert ce stylo pour son treizième anniversaire.

— J'ai perdu l'autre partie ; elle a dû glisser de ma poche.

Il caressait délicatement le capuchon ; il tressaillit de nouveau, car Maman venait d'ouvrir la porte et d'entrer sans faire de bruit. Elle lui apportait une grande tartine abondamment garnie et elle attendit. En voyant avec quelle avidité il y mordait, elle retourna à la cuisine. Frédéric dévorait le pain ; il oubliait même d'en remercier ma mère. Plus rien ne comptait pour lui que ce pain. Quand il eut avalé la dernière bouchée presque sans mâcher, il ramassa soigneusement les miettes sur l'assiette. Maman lui servit encore deux autres tartines qui disparurent avec la même rapidité. Après cela seulement, Frédéric reprit :

— Voilà, il me faut une photo de Papa et de Maman. Je sais que vous en avez une, c'est pour cela que je suis venu. La photo de notre premier jour de classe, sur le grand cheval. Je sais que

196

vous avez cette photo, donnez-la-moi, je vous en prie.

Il se tut.

Papa réfléchit.

— Elle ne peut être que dans la grande boîte, dit Maman. Elle alla chercher dans l'armoire l'immense boîte de chocolats que Papa lui avait offerte pour le dixième anniversaire de leur mariage ; c'était à peu près au moment où il avait retrouvé du travail. Elle ouvrit la boîte ; les photos qui étaient sur le dessus glissèrent sur la table.

— Je vais regarder rapidement, dit Papa en mettant dans le couvercle les photos l'une après l'autre.

— Viens avec moi pendant ce temps. Maman voulait entraîner Frédéric, elle lui avait préparé de l'eau chaude dans la salle de bain et apporté du linge qui m'appartenait ; il s'y refusa d'abord, mais finit par la suivre.

La boîte contenait quelques centaines de photos, de cartes postales et de cartes de vœux. J'aidai Papa dans ses recherches.

Nous n'étions pas parvenus à la moitié quand les sirènes se mirent à hurler. Hagard, Frédéric se précipita hors de la salle de bain.

— Que vais-je faire ? demanda-t-il terrifié.

— Tout d'abord finir de t'habiller, répondit Papa.

Docile, Frédéric boutonna sa chemise propre et se peigna, tout tremblant. Maman projetait d'emmener Frédéric avec nous dans la cave, mais Papa s'y opposa ; M. Resch nous ferait arrêter.

— Nous ne pouvons pourtant pas le rejeter à la rue, déclara Maman, regarde un peu l'air qu'il a.

Selon Papa, la meilleure solution était que Frédéric reste dans l'appartement ; il ne se produirait rien et il pourrait attendre là la fin de l'alerte ; nous chercherions la photo plus tard. Frédéric accueillit cette décision avec soumission. Papa lui recommanda encore de ne pas allumer la lumière ; puis nous saisîmes nos valises et nous nous dirigeâmes vers la cave transformée en abri.

Frédéric nous suivit du regard...

Au-dehors la D. C. A. tirait déjà ; les projecteurs fouillaient le ciel, les avions bourdonnaient, des éclats d'obus tombaient en sifflant. Soudain deux fusées lumineuses se déployèrent au-dessus de nous ; on aurait dit des arbres de Noël.

Chapitre 29

Le bombardement
1942

La porte de l'abri était déjà fermée. Papa posa sa petite valise et fit tourner le levier métallique; mais celui-ci était bloqué de l'intérieur. Alors Papa frappa à la lourde porte d'acier.

M. Resch nous ouvrit. Il portait le casque et le brassard qui le désignaient comme agent de la Défense passive.

— Il est bien temps, grommela-t-il.

Papa ne répondit pas. Nous franchîmes le boyau qui conduisait à l'abri proprement dit.

«Heil Hitler!» Personne ne répondit à notre salut quand nous pénétrâmes dans la sombre salle voûtée.

Des femmes, des vieillards étaient assis un peu partout, les yeux fermés. Certains s'étaient allongés sur les bancs ; chacun avait près de soi sa valise. Deux femmes, avec des enfants en bas âge, se serraient dans un coin sombre ; on entendait les enfants pleurer doucement. Dans un autre coin un couple d'amoureux se tenait étroitement enlacé. L'homme était un militaire. Nous nous assîmes près de la bouche d'aération. C'était là notre place. Papa s'adossa au mur blanc, humide, et ferma les yeux.

— Tu ne pourras jamais te débarrasser de ta toux, dit Maman.

Papa se redressa.

— De toute façon, je ne peux pas dormir.

Maman hocha la tête ; cela, elle le croyait sans peine.

M. Resch, comme le requérait sa charge, circulait dans l'abri. Il s'adressa au militaire :

— Alors, camarade, en permission ?

— Oui, répondit le soldat qui sursauta et rectifia la position.

— Nous allons « leur » faire un peu la leçon, fanfaronna M. Resch. Avez-vous lu dans le journal ? Trente-cinq bombardiers ennemis encore abattus hier.

Le militaire eut un sourire.

— Oui, et, en échange, il en viendra deux cent cinquante autres demain, et des milliers d'autres après...

M. Resch toussota. Sans un mot il se détourna et retourna dans le boyau. Le soldat reprit sa bien-aimée dans ses bras.

A l'extérieur le canon tonnait de plus en plus fort. Le tir de la D. C. A. avait une étrange résonance ; il était ininterrompu ; c'était un roulement qui passait sans cesse au-dessus de nos têtes ; le bruit de la chute des bombes s'y mêlait. Quelques-unes tombèrent d'abord isolées, puis plusieurs en chapelet, puis ce fut un véritable tapis de bombes qui s'abattit sur la ville. La cave vibrait.

— Le pauvre garçon, soupira Maman tout bas.

Papa n'émit qu'un grognement.

M. Resch quitta le boyau et rentra dans l'abri ; il verrouilla la seconde porte.

De nouvelles bombes tombèrent plus près cette fois, si près que les murs de la cave en tremblèrent.

On entendit alors quelqu'un frapper à la porte extérieure.

— Qui peut donc venir si tard ? demanda M. Resch en regardant autour de lui dans l'abri.

— Ouvrez donc, cria le militaire de son coin.

M. Resch retira le verrou de la seconde porte. Quelqu'un gémissait devant la cave.

— ʼJe vous en prie, laissez-moi entrer, je vous en prie...

— Frédéric... Maman gardait la bouche ouverte et les yeux dilatés.

— Ouvrez, ouvrez, disait dehors la voix suppliante ; ouvrez, je vous en prie.

M. Resch ouvrit la porte d'acier. Frédéric était là, à genoux, les mains jointes.

— J'ai peur, j'ai peur... Il se glissa à quatre pattes dans le boyau.

Par la porte entrouverte nous pouvions percevoir l'enfer qui se déchaînait à l'extérieur.

Le souffle d'une bombe referma violemment la porte.

— Hors d'ici, rugit M. Resch, disparais ; est-ce que tu t'imagines que nous allons te garder dans notre abri ? Hors d'ici, déguerpis !

Le militaire se leva et s'avança vers le boyau.

— Êtes-vous devenu fou ? Vous ne pouvez tout de même pas chasser ce garçon de la cave pendant un bombardement pareil ?

— Savez-vous à qui vous avez affaire ? protesta M. Resch. A un Juif.

— Et alors ? demanda le militaire avec étonnement. Quand bien même ce serait un chien galeux, gardez-le ici au moins jusqu'à la fin de l'alerte.

Les autres occupants de l'abri prirent part à la discussion. « Ce garçon doit rester », entendait-on de toutes parts.

— Qu'est-ce qui vous prend ? cria M. Resch au soldat. Et de quoi vous mêlez-vous ? Qui est agent de la Défense passive ici, vous ou moi ? Vous devez obéir à mes instructions. Compris ? Sinon, je saurai bien vous montrer...

Le militaire était indécis ; il regarda longuement Frédéric. Tous se taisaient ; le vacarme extérieur régnait seul.

Dans le boyau Frédéric était là, encore blême, mais il avait retrouvé son calme.

— Va-t'en, gamin, va-t'en de toi-même, lui dit le soldat à voix basse ; sinon tu causerais des ennuis à tout le monde.

Sans un mot Frédéric quitta l'abri...

Le grondement de la D. C. A. et celui des bombes étaient toujours aussi violents. On entendait même le sifflement des bombes explosives et le chuintement des bombes incendiaires quand elles s'abattaient sur le sol.

Maman sanglotait, appuyée contre l'épaule de Papa qui la suppliait :

— Ressaisis-toi, je t'en prie, sinon tu vas tous nous perdre.

Chapitre 30

Fin
1942

Nous débouchâmes dans une fournaise pleine de poussière.

Le ciel était rouge. Des flammes s'échappaient des combles et des ouvertures des fenêtres. Des tas de décombres fumaient encore.

La rue était jonchée d'éclats de verre et de morceaux de tuiles; çà et là, on trouvait des restes de bombes incendiaires qui avaient manqué leur but. Des femmes désespérées pleuraient devant des ruines d'où montaient encore d'épais nuages de poussière, une poussière faite de tuiles broyées et de mortier. Un homme gisait, mort, le long d'un mur; on avait jeté sur son visage une vieille étoffe déchirée. Soutenant Maman, nous cherchions notre chemin au milieu de ces ruines. M. et Mme Resch vinrent se joindre à nous.

Près de chez nous une bombe avait éventré la chaussée, mais la maison était encore debout, bien que le toit ait été arraché en partie et que toutes les vitres aient été brisées.

Dès que nous fûmes entrés dans le jardin, M. Resch courut vers la petite pelouse, saisit Polycarpe, son nain de terre cuite, et le souleva. Un éclat de bombe avait sectionné la pointe du bonnet. M. Resch la chercha. Lorsqu'il l'eut retrouvée dans l'obscurité rougeoyante de cette nuit d'incendie, il dit à Papa :

— Quel dommage ! Enfin, je vais essayer de le recoller...

Avec angoisse Maman cherchait des yeux Frédéric.

Il était assis, recroquevillé, dans la pénombre de l'entrée ; ses yeux étaient fermés, son visage livide. Papa dit tout bas à son intention :

— Es-tu fou de rester là ?

M. Resch venait, lui aussi, d'apercevoir la silhouette. Papa restait indécis dans la petite allée. On voyait qu'il ne savait que faire.

M. Resch repoussa sa femme en arrière et s'approcha ; il avait dans les bras Polycarpe, le nain de son jardin.

— Déguerpis, siffla-t-il en direction de Frédéric. T'imagines-tu, parce que ce bombardement a tout mis sens dessus dessous, être à l'abri d'une arrestation?

Maman poussa un cri aigu.

— Mais vous ne voyez donc pas qu'il a perdu connaissance?

M. Resch la regarda avec un sourire ironique.

— Je me charge de lui faire très rapidement reprendre ses esprits. Mais vraiment, ajouta-t-il lentement, permettez-moi d'être très étonné de la compassion dont vous faites preuve à l'égard d'un Juif, vous, la femme d'un membre du Parti.

Papa tira Maman par la manche; elle cacha son visage dans ses mains.

M. Resch donna un coup de pied à Frédéric, dont le corps désarticulé roula jusque sur les dalles de l'allée; du sang coulait de sa tempe sur le col de sa veste.

Ma main se crispa sur les rosiers pleins d'épines, mais je ne sentis rien.

— Une chance pour lui qu'il soit mort ainsi, dit M. Resch.

Précisions sur les situations et les personnages du récit

La religion juive est une religion dite *de la loi*. La vie d'un Juif est réglée par un grand nombre de préceptes. Cette loi — aux six cent treize commandements — est l'expression de la *Thora* (Doctrine), qui correspond aux cinq premiers Livres de la Bible. Dans la tradition juive, il faut également tenir compte du *Talmud* (l'Étude), qui s'est constitué du Ve siècle avant Jésus-Christ au VIe siècle de notre ère.

C'est du XVIe siècle que date le *Schulchan Aruch* (la Table servie) qui est une codification des pratiques essentielles : lois, préceptes et coutumes. C'est, aujourd'hui encore, la vraie ligne de conduite de tout Juif pratiquant.

A la fin de la treizième année, tout garçon juif est accepté dans la communauté des croyants, au cours d'une fête qui correspond à peu près à la Profession de foi. Dès lors, le jeune Juif est responsable de ses actes devant Dieu.

Le Juif ne se découvre pas dans une pièce; lorsqu'il prie ou célèbre l'office divin, il garde la tête couverte. Il porte sous ses vêtements un petit *Tallith*, destiné à remplacer le grand châle de prière à franges, peu compatible avec les habitudes de la vie moderne. Il ne se coupe pas la barbe.

La *Mesuah* que le Juif place en évidence dans sa demeure est destinée à observer le commandement du Deutéronome : «Tu écriras les commandements de Dieu sur ta porte.»

Le Sabbat est le jour consacré à Dieu, comme il est dit dans le Livre de l'Exode : *Yahweh parla à Moïse en disant : « On travaillera six jours, mais le septième jour sera un jour de repos complet, consacré à Yahweh.»*

Pendant le Sabbat, le feu, allumé à l'avance, doit continuer à brûler, selon le précepte de la Thora. Selon une prescription du *Schulchan Aruch*, on allume des cierges, au nombre de deux au moins.

La synagogue *(Schul)* n'est pas une église, mais plutôt un lieu de réunion où est donné l'enseignement religieux. Le rabbin n'est pas un prêtre, mais plutôt un maître, un commentateur des lois religieuses.

A l'heure de la mort, la confession de ses fautes peut être faite à un laïc. Cette coutume s'appuie sur les préceptes du *Schulchan Aruch*. La lacération des vêtements à la mort d'un proche parent se nomme *Keriah*; c'est un geste de deuil.

Depuis des temps immémoriaux, une étoile à six branches, dite «Étoile de David», est le symbole du judaïsme. Elle est faite de deux triangles isocèles.

Pogrom est un mot russe qui signifie : destruction. Par extension, il désigne tout mouvement généralisé visant la destruction des Juifs.

De telles atrocités — comme en montre ce récit — sont

surtout signalées au Moyen Age, au moment des persécutions espagnoles contre les Juifs. Mais les persécutions qui eurent lieu durant les Croisades en France, en pays rhénan et plus tard en Russie ne leur cèdent en rien.

Les raisons des persécutions n'étaient pas toujours d'ordre religieux et l'exaltation collective y prenait une large place. De cela il ressort qu'un grand nombre d'évêques — et de princes — offraient aux persécutés asile et protection; des Juifs vivaient à Rome sans être inquiétés.

Par son étendue — elle a intéressé la plus grande partie de l'Europe —, par sa durée et par ses conséquences, la persécution des Juifs qui a accompagné la montée, l'expansion et la chute du IIIe Reich allemand compte parmi les pages les plus sombres de l'Histoire.

La propagande anti-juive avait pour principal organe l'hebdomadaire «Stürmer». Quant au film «Süss, le Juif», il présentait la religion et les coutumes juives de façon à préparer le terrain à la lutte raciale.

Table chronologique

1933

30 janvier	Hitler devient chancelier du Reich.
5 mars	Premières actions isolées contre les Juifs.
24 mars	Le Reichstag donne les pleins pouvoirs à Hitler.
1er avril	Boycottage d'un jour du commerce juif.
7 avril	Les fonctionnaires juifs sont mis en disponibilité, excepté les militaires.
21 avril	Les sacrifices rituels sont interdits.
25 avril	Les enfants juifs sont partiellement exclus des écoles et des universités.
16 juin	Il vit en Allemagne environ 500 000 Juifs.
14 juillet	Les « indésirables » peuvent perdre la nationalité allemande.

1934

2 août   Mort du président Hindenburg.
                  Hitler prend la tête de l'État allemand
                  comme «Führer» et chancelier.

1935

16 mars   Restauration du service militaire.
6 septembre   La vente, dans les rues, des journaux
                  juifs est interdite.
15 septembre   Les mariages entre Juifs et autres
                  citoyens allemands sont interdits.
                  Les Juifs ne peuvent avoir pour domes-
                  tiques des Allemands ayant moins de
                  quarante-cinq ans.
30 septembre   Tous les fonctionnaires juifs sont congé-
                  diés.

1936

7 mars   Les Juifs perdent le droit de vote.
                  Occupation de la Rhénanie.
1er août   Ouverture des Jeux Olympiques de
                  Berlin.

1937

2 juillet   Limitation plus stricte du nombre des
                  élèves juifs dans les écoles.
16 novembre   Les Juifs n'obtiennent de visa pour
                  l'étranger qu'à titre exceptionnel.

1938

13 mars	Entrée des troupes allemandes en Autriche.
26 avril	Les Juifs doivent établir un relevé de leurs biens.
6 juillet	Certains métiers sont interdits aux Juifs.
27 juillet	Les rues qui portaient des noms juifs sont débaptisées.
30 septembre	Les médecins juifs ne sont plus considérés que comme des infirmiers.
5 octobre	Les passeports juifs sont marqués d'un « J ».
28 octobre	17 000 Juifs « apatrides » sont refoulés en Pologne.
7 novembre	Attentat du Juif Herschel Grynszpan contre le conseiller d'ambassade von Rath, à Paris.
8 novembre	Premiers excès commis contre les Juifs.
9 novembre	Mort de von Rath. Début du pogrom.
10 novembre	Pogrom (nuit du 9 au 10).
11 novembre	Il est interdit aux Juifs d'avoir ou de porter une arme.
12 novembre	Amende expiatoire de 1 milliard de Reichsmarks infligée à toute la communauté juive. Les Juifs doivent rembourser eux-mêmes, sans délais, tous les dégâts commis pendant le pogrom. Toute industrie et tout commerce sont interdits aux Juifs.

1938 *(suite)*

12 novembre	Leur sont également interdits : théâtres, cinémas, salles de concerts et d'expositions.
15 novembre	Tous les enfants juifs sont exclus des écoles allemandes.
23 novembre	Toutes les sociétés juives sont dissoutes.
28 novembre	Limitation du droit de libre circulation des Juifs sur l'étendue du territoire allemand.
3 décembre	On retire aux Juifs leur permis de conduire.
	Les Juifs doivent vendre leurs entreprises et remettre leurs valeurs ainsi que leurs bijoux.
8 décembre	Les universités sont interdites aux Juifs.

1939

1er janvier	Carte d'identité obligatoire pour les Juifs ; ils n'ont le droit de porter que des prénoms juifs ; s'ils ont un prénom allemand ils doivent lui adjoindre le nom « Israël », pour les hommes, ou celui de « Sarah », pour les femmes.
15 mars	Entrée des troupes allemandes en Tchécoslovaquie.
30 avril	Les Juifs ne peuvent plus bénéficier de la loi protégeant les locataires.
17 mai	215 000 Juifs vivent encore en Allemagne.

1939 *(suite)*

4 juillet	Les Juifs doivent former une « Union juive ».
1er septembre	Début de la Seconde Guerre mondiale.
1er septembre	Couvre-feu permanent pour les Juifs, qui ne peuvent sortir après 21 heures en été et 20 heures en hiver.
21 septembre	Pogrom en Pologne.
23 septembre	Confiscation des postes de radio des Juifs.
12 octobre	Les Juifs d'Autriche sont déportés en Pologne.
19 octobre	L'amende collective est portée à 1,25 milliard.
23 novembre	Port obligatoire de l'étoile juive en Pologne.

1940

6 février	Pas de carte de textiles pour les Juifs.
12 février	Première déportation des Juifs allemands.
29 juillet	Les Juifs n'ont plus le droit d'avoir chez eux le téléphone.

1941

12 juin	Les Juifs doivent se désigner comme « sans religion ».
31 juillet	Début des mesures «d'anéantissement».

1941 *(suite)*

1er septembre	Port obligatoire de l'étoile jaune en Allemagne ; les Juifs ne peuvent déménager sans autorisation de la police.
14 octobre	Déportation massive hors d'Allemagne.
26 décembre	Les Juifs ne peuvent utiliser le téléphone public.

1942

1er janvier	130 000 Juifs vivent encore en Allemagne.
10 janvier	Confiscation de tous les lainages et de toutes les fourrures des Juifs.
17 février	Les Juifs ne peuvent s'abonner ni à un journal, ni à une revue.
26 mars	Une étoile juive marque toutes les maisons habitées par des Juifs.
24 avril	Les Juifs ne peuvent utiliser les transports en commun.
15 mai	Interdiction aux Juifs de posséder chiens, chats, oiseaux...
29 mai	Les Juifs n'ont plus le droit d'aller chez un coiffeur.
9 juin	Les Juifs doivent remettre aux autorités tous les vêtements qui ne leur sont pas indispensables.
11 juin	Pas de carte de tabac pour les Juifs.
19 juin	Confiscation des appareils électriques et optiques, des machines à écrire et des bicyclettes.

1942 *(suite)*

20 juin   Toutes les écoles juives sont fermées.

17 juillet   Les Juifs aveugles ou sourds n'ont plus
                 le droit de porter un brassard pour les
                 signaler à l'attention des automobi-
                 listes.

18 septembre   Plus de viande, d'œufs ou de lait pour
                 les Juifs.

 4 octobre   Tous les Juifs des camps de concen-
                 tration allemands sont envoyés à Aus-
                 chwitz.

1943

21 avril   Tous les Juifs passibles d'une peine
                 sont, après purgation de la peine,
                 envoyés dans les camps d'Auschwitz ou
                 de Lublin.

1944

1er septembre   15 000 Juifs environ vivent encore en
                 Allemagne.

13 novembre   Tous les lieux chauffés sont interdits
                 aux Juifs.

1945

 8 mai   Fin de la Seconde Guerre mondiale ;
                 chute du IIIe Reich.

219

Table des matières

Composition réalisée par COMPOFAC - PARIS

IMPRIMÉ EN FRANCE PAR BRODARD ET TAUPIN
Usine de La Flèche, 72200.
Dépôt légal Imp. : 1805U-5 – Edit : 1167.
32-10-0915-31-9 – ISBN : 2-01-020145-0.
Loi n° 49-956 du 16 juillet 1949 sur les publications destinées à la jeunesse.
Dépôt : septembre 1998.